Für Karlheinz Deschner

André Breton
Vorwort

zur französischen Ausgabe des »Liebeskonzils«

Der Abgrund des Bösen als Problem läßt, wenn man sich nur im geringsten darüber beugt, das Seil unsicher werden, das die Menschen sich umlegen, um in ihn hinab- und, wenn möglich, wieder aus ihm hinaufzusteigen. Seine Sohle erreichen heißt immer nur seinen klebrig-wimmelnden Bodensatz berühren und sich davor grauen, ohne im Schein einer flakkernden Lampe seine Grenzen bestimmen und sich ohne einen arglistigen Kunstgriff von seiner Notwendigkeit überzeugen zu können. Der Kunstgriff besteht im Einbleuen der Idee von der Sünde, ererbt oder nicht, wobei man sich nicht genug darüber wundern und grämen kann, daß sie gemeinhin als zulässiger und ausreichender Grund angesehen wird, obwohl sie eine schreiende Ungerechtigkeit fortbestehen läßt: das ungeheuerliche Mißverhältnis zwischen einem im Unvordenklichen, Mythischen und, infolge der symbolischen Zweideutigkeit, alles in allem im Unbestimmbaren verankerten angeblichen Vergehen einerseits und dessen unterschiedsloser und unausweichlicher Ahndung in Form der schlimmsten körperlichen und sonstigen Strafen an der gesamten Menschheit andererseits. Diese Vorliebe für eine rasende und risikolose Vendetta konnte gewiß keine eifrigeren Apologeten finden als die Diener einer Religion, die mehr und mehr dazu geneigt hat, ihren Gott mit dem Werkzeug ihrer Strafe zu verwechseln, und dieser den Sinn eines beispielsweisenden »Ablaß« und den Heimsuchungen den Sinn von »Prüfungen« zuzuschreiben, die für das unwiderlegbare Zeichen der göttlichen Fürsorge gehalten werden sollen.

Die Sohle des Abgrunds: warum das Böse? In dieser Frage

vereinigt, die wie Wirbel aus Feuer und glühend heißen Stoffen von ihnen ausgeht, sind sie alle da, die Großen, von der einen wie von der anderen Partei, all jene, die sich hineingestürzt haben, ob der eine nun, was nicht anzunehmen ist, einen blühenden Zweig (die Liebe, mangels Lebenskenntnis) mit nach oben gebracht hat, oder der andere einen nicht weniger schönen vom Blitz getroffenen Ast. Manche von ihnen hat die dogmatische Auflage hineingestoßen, hat ihnen vorgeschrieben, selbst dort nachzusehen und um jeden Preis eine Lösung der Frage anzubieten, die ihr eigenes Gewissen miteinbezieht. Die anderen hat die Häßlichkeit dieses Bösen, das die Bedingungen des Lebens schaffen soll, von vornherein gequält und hat sie für immer gegen ein Dogma aufgebracht, das die menschliche Freiheit in der Existenz eben dieses Bösen zu begründen vorgibt und so ein Mittel findet, es zu benötigen. Dies sind nicht unbedingt die weniger großen Seelen. Nur der Engstirnige würde zwischen diesen und jenen eine Rangordnung herstellen wollen. Es ist dieselbe von Blitzen durchzuckte Wolke, die uns, jeweils zu ihrer Zeit, Dante und Milton bringt, Bosch und Swift, bestimmte Gnostiker, Gilles de Rais und de Sade, Lewis und Maturin, den Goethe des »Faust II« und den Hugo der letzten Gedichtsammlungen, Lequier, Nietzsche, Baudelaire, Lautréamont, Rimbaud. Die Poesie, die unterschiedslos in ihnen waltet, gestattet es nicht, ihre zu Sturmstärke angeschwollenen Gesänge zwiespältig aufzunehmen. Ehe wir daran denken konnten, uns wieder zu fangen, ehe es in Frage kommen konnte, uns wieder auf unsere vorherigen Positionen zurückzuziehen, schleudern sie uns in das Innere des eigentlichen Dramas.

Es ist an der Zeit, auf diesem von den höchsten Wogen gepeitschten Schiff, deren finsterste nicht die am wenigsten glänzende sind, auch Oskar Panizza zu erkennen. In Anbetracht der Partitur, die das uns beschäftigende Orchester zu spielen beginnt, braucht es gewisse schrille Töne, die allein

Panizzas Instrument hervorzubringen vermag. Gegenüber dem Bösen und dem Versuch seiner Rechtfertigung errichten de Sade und Lautréamont den sich aufbäumenden Menschen, der die krankhaft gesteigerte sexuelle und intellektuelle Erregung in alle Richtungen ausprobiert, um die Illusionen zu vertreiben und die uralten Fesseln zu sprengen. Sie gebrauchen vor allem die Verwünschung und die Herausforderung, wobei der Humor ihnen nur als äußerstes Mittel dient, während die anhaltende Spannung, die sie uns abverlangen, ein Grund zum Bruch sein könnte. Bei Panizza dagegen – weit mehr noch als bei seinem Landsmann Christian Dietrich Grabbe – spielt der Hohn die erste Geige und fegt mit einem einzigen salzgetränkten Windstoß alle Gloriolen auf einmal weg. Von Beginn an attackiert er die Personifizierungen des »Heiligen«, die zahlreiche unserer Zeitgenossen weiterhin verehren, wohingegen unter den Ungläubigen jene äußerst selten sind, die glauben, dieses Tabu verletzen zu müssen. Bei der Verteidigung seines Stückes vor dem Königlichen Landgericht in München mochte der Verfasser des *Liebeskonzils* sich noch so sehr auf Vorgänger auf diesem Gebiet berufen, es gelang ihm nicht, den Hauptvorwurf zu entkräften: nämlich den, noch ganz andere Quellen benutzt zu haben und sehr viel weiter gegangen zu sein als seine Vorläufer. Wir müssen zugeben, daß der Geist des Aufruhrs von ihm schlagartig derart hochgespielt wird und derart viele Verbote mißachtet, daß die Reaktion der Zuschauer es vermutlich noch heutzutage unumgänglich machen würde, den Vorhang vor dem Ende der ersten Szene fallen zu lassen.

Der geniale Einfall, geeignet, die Gemüter auf das leidenschaftlichste zu erhitzen, liegt hier in der Bestimmung des hochneuralgischen Punktes – uns zeitlich nahe genug, damit wir uns einigermaßen betroffen fühlen –, an dem der gläubig als unumstößlich hingestellte »folgerichtige« Zusammenhang zwischen menschlicher Sünde und göttlichem Zorn dargestellt wird, welcher sich in Form von die Erde heimsuchenden Geißeln äußert. Auch weil die Liebe nun gerade das ist, was den Menschen aus dem Elend seines Seins herausreißen kann, war es ungemein interessant, die Handlung genau an jenem Punkt anzusiedeln, wo ihn nach dem Zeugnis der Chronisten die strafende Verfolgung des Himmels belangt haben soll, um ihn zu verseuchen. Es war außerordentlich reizvoll, von den menschlichen Beweggründen ausgehend, die wir als einzige erfassen können, die Fäden – in den oberen und unteren (?) Etagen – zu entwirren, mittels derer eine so abscheuliche Machenschaft angezettelt werden konnte. Daß die Begierde und die Lust bei weitem nicht die ganze Liebe sind und daß der Mensch, indem er ihnen schrankenlos nachgibt, sich die Liebe als einziges Verwandlungsprinzip, als Schlüssel zum Wunderbaren verscherzt, ist wahrscheinlich. Nichtsdestoweniger sind Begierde und Lust ein wesentlicher Bestandteil der Liebe; nichts kann verhindern, daß das Fleisch *eins* sei und daß der Urteilsspruch, von dem die Begierde und die Lust getroffen und durch den sie für immer mit Argwohn behaftet sein werden, die Liebe selbst beieinträchtigt. Es ist nicht unangemessen, daß die Herrscher, die wir uns gegeben haben, bei dieser Gelegenheit gezwungen werden, sich zu stellen. Der Skandal liegt nicht in der hirnverbrannten Überlegung, die Panizza ihnen in den Mund legt; er liegt ganz und gar in dem Verdikt, das sie unserem Willen gemäß oder mit unserer Duldung gefällt haben.

Unter den Trümmern, die er anhäuft, wächst eine Pflanze weiter, bei der wir uns vergewissern, daß ihre Wurzel gesund bleibt, und die nichts anderes ist als die *Sympathie*. Diese Sympathie, in der die tiefe menschliche Gültigkeit des Stückes liegt, richtet sich unwiderstehlich auf den Teufel. Wenn überhaupt, so bleibt er als einziger in der ganzen Bildersammlung aktiv und leistungsfähig. Selbst wenn er sich – auf Bestellung – für uns die entsetzlichste Falle ausdenkt, hören wir nicht auf, von seinem Denken fasziniert zu sein, als wäre es das unsere in Quecksilber getaucht. Und auch weil seine Winkelzüge sich mit den unseren decken, sind wir empfänglich für seine Beschwerden und seine Forderungen, so winzig sie im Verhältnis zu seiner unleugbaren *Tüchtigkeit* sein mögen. Nie ist der Teufel uns näher vorgekommen als hier, wo er mit allen Blendwerken der Intelligenz einen so seines Glanzes beraubten Olympier beherrscht. Er zwingt uns, seine Meisterschaft auf dem Gebiet der Schlußfolgerung und der Berechnung anzuerkennen. Die Tradition, die ihn darstellt, wie er sich der Erledigung der niedrigen Arbeiten des Schöpfers widmet, zeigt ihn hier auf der höchsten Höhe seiner Aufgabe. Mehr noch, es gelingt ihm, uns in seinem Versagen und sogar in seinen Schwächen zu rühren, zum Beispiel wenn er davon träumt, im Gotha zu stehen, wo doch die Leistung, die wir ihn vollbringen sehen, ausreichen würde, ihn zum Fürsten der List und zum *Archonten dieser Welt hinieden* zu weihen.

Das Ewigweibliche behält bei Panizza all seinen anziehenden Reiz, auch wenn es nicht so ist, daß die Anziehung wie für Goethe in aufsteigender Richtung wirkt. Bei Maria angefangen bis hin zu den verschiedenen Kreaturen, die der Teufel nacheinander aufruft, sich von dem Totenfeld zu erheben, wetteifern alle – mit der so rührenden Ausnahme von Héloïse – in Ahnungslosigkeit und wittern die Falle. Dies ist das Geheimnis der immerwährenden Verlockung, die sie, im gleichen Maße wie die von ihnen angerichteten Verheerungen, ausüben. Unter ihnen kann der Teufel in der Wahl seiner Partnerin – jener, deren Schönheit sich mit der zweckfreisten Perversität paart – gar nicht wählerisch genug sein, um in den vorgeschriebenen Grenzen dieses Meisterwerk des Verderbens zu verwirklichen: die um so bezauberndere als bis ins Mark schädliche Frau, die ihrer selbst gleichsam unbewußt ist und alle Herrlichkeiten der Nacht mit ihrer prachtvollen Nachlässigkeit verbindet. *Deutsch von Uli Aumüller*

Das Nachspiel als Vorspiel

in fünf Aufzügen

Nach 75 Jahren wird erstmals die »dritte, durchgesehene und vermehrte« Ausgabe von Oskar Panizzas »Liebeskonzil« einer Buchausgabe zugrundegelegt.

Als eine Konsequenz aus dem gerichtlichen Nachspiel um seine fünfaktige »Himmels-Tragödie« hatte Panizza 1897 diese um ein Vorspiel erweitert; dabei hatte der Exilant von Zürich aus »Das Liebeskonzil« in seiner 1895 von deutschen Behörden zensierten und mit einem Jahr Einzelhaft bestraften Aussagen noch verschärft.

»Der Fall Panizza«, aus Briefen und Gerichtsakten:

1. Der Autor an seinen Verleger

Oskar Panizza München, den 18. Nov. 1894
Nußbaumstraße 5.

Sehr Geehrter Herr Schabelitz,
Ihr Ballot mit 300 Exemplaren ist gestern in meinen Besiz gekommen, und ich eilte, das Ding zu versenden, damit, komt die Polizei, sie wenigsten nur mich, aber keine ›Konzile‹ findet. Bis jezt hör' ich nur Gutes über das Buch und – *über Sie*. ›Schabelitz‹ wird jezt hier in literarischen Kreisen viel genant, mit dem Beisaz: er hat's wirklich gewagt! 's is halt der Schabelitz! Ich mache nochmals meine Danksagung für die splendide Ausstattung, für das holzfreie Papier, die saubere Buchbinderarbeit, die solide Emballirung des Kolis. Frcs. 1.50 – M. 1.20 – das ist furchtbar billig; das Papier und der Umschlag! Es ist auffallend billig. Ich hatte für das Inserat im nächsten ›Gesellschafts-Heft‹ als Preis Frcs. 2. – angegeben,

und habe es nun noch rasch korrigirt. – die ›Allg. Zeitung, Beilage‹ hat mein Inserat refüsirt. – An Harleben, Schwann, Khaynach u. die Berliner habe ich überall verschikt. – Mit Scherzer, auch mit Carl Dibelen, muß ich noch reden. Ich wolte erst durch *Löbell,* der jezt selbständig ist und den ›Albert & Co. Separat-Konto‹ Verlag verschleißt, der ihm viel Zeit läßt, einen General-Vertrieb herstellen. So wie er die ›Gesellschaft‹ u. a. vertreibt. Die Sortimenter nämlich, bes. die Kleinen, würden ganz gern die Sachen verkaufen, wenn sie wißen, es ist in der Stadt, ich brauch's nur da und da zu holen. Aber regelrecht über Leipzig bestellen, das wollen sie nicht. Besonders für Antiquare, die so kleine Sachen, wie »Liebeskonzil«, leicht verkaufen können, wäre ein Depot in der Stadt, ein großes Entgegenkommen. Ich schreibe Ihnen noch darüber. – *Tambour's* Besprechung, die Sie mir im MS. santen, finde ich etwas verworren und wild angelegt. *Karl Schüler* hier, ein feines, großes Geschäft, Akermann's Nachfolger, Maximilianstraße, gibt sich große Mühe für mich. Er hat die ersten Kreise in der Stadt, und viel feine, fürstliche Kunden auf dem Land, außerdem weitreichende, kaufmännische Verbindungen. Er versendet sehr diskret. Hat außerdem gute Fremdenlage. Aus einer Hofbuchhandlung verschluken die Leute solche Sächelchen á la ›Liebeskonzil‹ wie eine Auster mit grimmigem Behagen; sie meinen, es schadet nichts, weil's aus der Hof-Apoteke komt.

Wenn Sie im ›Schweiz. Buchhändl. Blatt‹ noch nicht haben inseriren laßen, so will ich das besorgen; *Hambrecht* tut mir das mit Vergnügen.

Die Scharf'sche Bulle hat einen jungen Literarhistoriker hier in einer hist. Studie über Giambattista Basti angeregt.

Ich habe jezt wieder etwas mehr Zeit zu Besprechungen; und stehe zu Ihrer Verfügung.

Mit nochmaligem Dank und ergebenstem Gruß
Hochachtungsvoll Ihr Panizza.

2. *Justiz und Polizei über »Das Liebeskonzil«*

Am 8. Januar 1895 eröffnete der Königliche Untersuchungsrichter am Landgericht München I. die Voruntersuchung gegen Dr. Panizza als Verfasser des »Liebeskonzils«. Darin verfügte er:

»An *k. Polizeidirection München.*
Unter Übersendung eines Beschlagnahmebeschlusses vom Heutigen ersuche ich ergebenst, denselben in den hiesigen Buchhandlungen und andernorts in Vollzug setzen zu lassen.«

Doch weder in den Buchhandlungen »Isar-Athens« noch »andernorts« war dem Vollzug der Zensur durch »Bezirkskommissäre« der Polizei Erfolg beschieden. Enttäuschende Berichte von unbeholfener Hand führten in der Königlichen Polizei-Direktion München am 17. Januar 1895 zu folgendem Schreiben an die Staatsanwaltschaft:

»Auf die verehrliche Zuschrift vom 8. ds. Mts. theile ich ergebenst mit, daß nach den hiermit eingegangenen Anzeigen der Bezirkskommissäre die Druckschrift ›Das Liebeskonzil‹ von Oskar Panizza dahier nicht mehr vorgefunden wurde; dasselbe hat jedoch hier ziemliche Verbreitung gefunden.

Meyer«

3. *Der zensierte Buchhändler beim Verhör*

Der Schlußsatz des Polizeibeamten Meyer war eine durch nichts zu beweisende Behauptung, immerhin hatte man aber in zwei Münchner Buchhandlungen von tatsächlich verkauften Exemplaren erfahren. Die betreffenden Buchhändler wurden verhört. Einer von ihnen war jener Karl Schüler, den Panizza gegenüber seinem Verleger in Zürich ausführlich erwähnt hatte.

Schüler gab am 12. Februar 1895, Stunden nach seiner gerichtlichen Einvernahme, ergänzend zu Protokoll:

»Es ist mir aus geschäftlichen Rücksichten sehr peinlich, die Abnehmer des Buches namentlich zu bezeichnen, aber nachdem ich auf die eventuellen Folgen des Zeugnißzwanges aufmerksam gemacht worden bin, gebe ich an, daß das ›Liebeskonzil‹ bei mir bezogen worden ist von den Schriftstellern:

Dr. [Ludwig] Quidde u. Josef Rüderer [Ruederer], Giselastr. 7. Sollte ich noch weitere Personen ermitteln, so werde ich deren Namen schriftlich mittheilen. Karl Schüler«

4. Der Autor an den Staatsanwalt

Oskar Panizza wurde verurteilt, im Gerichtssaal verhaftet und gegen die immense Kaution von 80 000 Mark bis zum Revisionsentscheid des Reichsgerichts in Leipzig freigelassen. Ein zweites Verfahren drohte ihm einen Monat vor Antritt seiner Haftstrafe wegen fortgesetzter Verbreitung des »Liebeskonzils«. An Staatsanwalt Freiherr von Sartor schrieb der Angeschuldigte deshalb:

Oskar Panizza München, den 189
~~Nußbaumstraße 5.~~
München, Kaiserstraße 63/I *Erhalten 20/7 95*
Sartor

Herrn Eugen Freiherr von Sartor
K. Landgerichtsrat
K. Amtsgericht München I

Sehr Geehrter Herr Landgerichtsrat!
Mit gleicher Post habe ich die Ehre Ihnen 47 – nicht 48 – Exemplare der Drukschrift ›Das Liebeskonzil‹ zu übersenden.

Ich habe dazu folgende Bemerkungen zu machen. Ende

Mai oder Anfang Juni war ein Polizeikomißar bei mir und beschlagnahmte 10 Exemplare der Drukschrift ›Der teutsche Michel‹. Bei dieser Gelegenheit fand der Komißar auch ›circa 47 Exemplare‹ – der Komißar zählte sie in meinem Beisein und trug diesen Vermerk in sein Buch ein – der Drukschrift ›Das Liebeskonzil‹, die er jedoch nicht beschlagnahmte, obwohl er und ich wußten, daß die Drukschrift polizeilicherseits verboten war. Ich schloß daraus, daß der Besiz der Drukschrift, auch in einer größeren Anzahl von Exemplaren, für mich, den Verfaßer, ohne straffälligen Charakter sei. Da ich jedoch nach dieser Richtung doch nicht ganz sicher war, brachte ich die Exemplare im Lauf des Tages zu meinem Freund, Herrn *Ludwig Scharf*, der in meiner Nähe, Wilhelmstraße 3.l. S. I, wohnt, und bat ihn, mir selbe aufzuheben. Nach wenigen Tagen erschien neuerdings ein Komißar mit dem Auftrag, nunmehr auch die 47 Exemplare ›Liebeskonzil‹ abholen zu wollen. Ich erklärte ihm, diesselben seien nicht in meinem Besiz, ich hätte selbe einem Freund geschenkt. Damit begnügte sich der Komißar und ging.

Als ich im Laufe des Juni eine Vorladung zum Untersuchungsrichter in dieser Sache erhielt, wurde ich aufmerksam, und mutmaßte, daß mein Vorgehen doch nicht ganz korrekt gewesen sein könne. Ich ging deshalb zu Herrn Scharf und sagte ihm, um die Angelegenheit ein für allemal aus dem Weg zu räumen: Schiken Sie jezt die Exemplare an Schabelitz in Zürich mit dem Auftrage, selbe nicht in Deutschland zu verbreiten. Ich schikte die Bücher nicht selbst ab, einmal weil ich sie nicht im Hause hatte, demnächst, weil ich nicht wußte, ob ich mich durch diese Versendung nicht neuerdings einer Verbreitung schuldig mache. Herr Scharf antwortete mir, daß er die Bücher nicht im Hause behalten, sondern wo anders untergebracht habe, da er, auf der Polizei der Autorenschaft einer ebenfalls beschlagnahmten Drukschrift, ›Frau Jutta‹, verdächtig, gleichfalls einer polizeilichen Haussuchung gewärtig sein müße. Ich sagte ihm dann: Gehen Sie dann zu dem Betreffenden hin, und sorgen Sie dafür, daß die Bücher an Schabelitz kommen; ich will mich mit der Sache nicht mehr befaßen.

Diesem Auftrag entsprechend sagte ich dann vor dem Untersuchungsrichter aus. Den Namen Scharf's nante ich nicht, um ihn nicht seinerseits mit polizeilichen Haussuchungen zu behelligen.

Als ich vorgestern auf zwei Tage von Tegernsee herein kam, um mir die zur Begründung eines Gesuchs um Strafaufschub (in meiner Strafsache wegen Vergehens gegen die Religion) nötige Zeugniße ausstellen zu laßen, fand ich die von Ihnen, Herr Landgerichtsrat, gezeichnete Anklageschrift vor, die mich der Verbreitung beschlagnahmter Bücher beschuldigte. Ich ging sorglich zu Herrn Scharf, und frug ihn, ob die Bücher fortgeschikt seien. Er sagte: Nein! Der Betreffende wohne sehr weit, er komme jezt selber fort, er habe nicht geglaubt, daß die Sache so preßire u. dgl. Ich sagte ihm dann: Bringen Sie mir die Bücher sofort.

Das Paket war unerröffnet. Es sind 47 Exemplare, wie Sie der Komißar seiner Zeit gezählt hatte. Sie folgen mit gleicher Post.

Dies ist der Sachverhalt. Ich hoffe, Herr Landgerichtsrat, daß Sie auf Grund desselben zu der Überzeugung gelangen werden, daß eine Verbreitung der Bücher weder stattgefunden, noch beabsichtigt war.

Hochachtungsvoll Ergebenst
Dr. Oskar Panizza.

5. Autor und Richter über »Das Liebeskonzil«

Eine Verbreitung des »Liebeskonzil« fand 1895 nur bedingt statt. Dies änderte sich auch 1913 kaum, als Münchner Bibliophile die erweiterte dritte Auflage der »Himmels-Tragödie«, einen Privatdruck von fünfzig Exemplaren, in ihre Buchregale stellten. Nach dem 2. Weltkrieg sorgte der hier erstmals auf deutsch vorliegende Text André Bretons für eine internationale Rezeption der Schriften Oskar Panizzas. Der Münchner Literaturskandal des Jahres 1895 hatte das Buch der Nachwelt gesichert, den Autor jedoch psychisch zerstört. Zunächst allerdings hatte sich der vermeintliche Gotteslästerer am 12. Januar 1895 gegenüber seinem Untersuchungsrichter in Sachen »Das Liebeskonzil« zu rechtfertigen:

Verhör
mit
Dr. Oskar Panizza

in der Untersuchung gegen denselben wegen Vergehens wider die Religion verübt durch die Presse

abgehalten den 12.ten Januar 1895
in München mittags Uhr

In Gegenwart

des kgl. Untersuchungsrichters Landgerichtsrat Trautner
stellvertr. Gerichtsschreibers Schöffl
Den *Angeschuldigte* n *hat man vorerst ermahnt, in Allem die Wahrheit zu sagen und auf die ihm vorzulegenden Fragen bestimmt und deutlich zu antworten, sodann wie folgt, verhört:* nach Bekanntgabe des Beschlusses über die Eröffnung der Voruntersuchung vom 8. Januar lf J.

Persönliche Fragen:

1. *Vor- und Zuname*
2. *Alter?*
3. *Religion?*
4. *Eltern und Geburtsort?*
5. *Stand und Gewerbe?*
6. *Vermögen?*
7. *Ob und mit wem verheiratet?*
8. *Ob und wie viele Kinder?*
9. *Ob schon einmal verhaftet oder in Untersuchungshaft gewesen?*
10. *Wo und warum?*
11. *Wohnort?*
12. *Wo sich zuletzt aufgehalten?*

Dr. Oskar Panizza geb. 12 Novemb. 1853 in Bad Kissingen daselbst beh. Sohn des Karl P. u. Mathilde geb. Speeth, protest. led., Schriftsteller, noch nicht vorbestraft, besitze Vermögen, diente beim Militär als Assistenzarzt I Classe, nun verabschiedet.

Zur Sache

Ich bekenne mich als den Verfasser der vorliegenden Druckschrift: ›Das Liebeskonzil‹. Ich habe dieselbe im Frühjahr 1893 verfaßt, u. dañ alsbald dem Verleger Schabelitz in Zürich in Verlag gegeben.

Ich habe nicht nur kein Honorar für die Schrift bekom̄en, sondern habe auch auf eigne Kosten den Umschlag mit der darauf befindlichen Illustration hier drucken laßen u. dafür etwa 180 M aufgewendet.

Die Schrift erschien im October 1894 im Druck u. wird, wie ich nicht bestreiten will, auch im Inlande zur Verbreitung gelangt sein. Daß objektiv in einzelnen Stellen der Schrift eine Lästerung oder Beschimpfung der göttlichen Dreieinigkeit zu finden ist, u. daß darin auch ein Beschimpfung von Einrichtungen der christlichen Kirchen, wie z. B. des Mariencultus zu erblicken ist, will ich nicht bestreiten. Ich will auch nicht in Abrede stellen, daß eine Person, welche auf dem Boden des christlichen Glaubens steht, beim Lesen des Buches an dem Inhalt desselben d. h. an der darin objektiv gegebenen Gotteslästerung Ärgerniß nim̄t, oder vielmehr Ärgerniß nehmen kann.

Wogegen behaupte ich, daß mir in subjektiver Hinsicht bei Verabfassung der Schrift eine Beschimpfung der Religion u. dgl. völlig ferne lag. Mir war es in meiner Eigenschaft als Arzt u. Schriftsteller darum zu thun, die Entstehung der Lustseuche in drastischer Weise zu schildern. Diesen drastischen Charakter gab in den sämtlichen darin als handelnd aufgeführten Personen u. stellte auch die ganze Handlung in der gleichen Weise dar. Bei Verabfassung der Schrift waren für mich maßgebend: ein Mal die historische Thatsache, daß die Lustseuche Ende des XV. Jahrhunderts zuerste in Neapel im Lager des französischen Königs Karl VIII auftrat, zu eine Zeit als Ppast Alexander VI eine üppige Hofhaltung in Rom führte u. im Gegensatz hierzu Savonarola in Florenz gegen den Luxus predigte, sodañ der Umstand, daß Ulrich von Hutten in Wiederspiegelung der Anschauung seiner Zeit die Lustseuche als ein von Gott verhängtes Zuchtmittel bezeichnete. Aus letzterem Grund gelangte ich zur Darstellung der Vorgänge im Him̄el, welche sonst außerhalb meiner künstlerischen Absicht gelegen wäre.

Was ich über die Üppigkeit des päpstlichen Hofes vorbrachte, beruht auf dem Lagebuch von Buchard, welches ich auf Seite 25 der Brochure als Quelle angegeben hatte.

Im Einzelnen auf Vorhalte bezüglicher Stellen:

a. auf Vorhalt, daß auf Seite 1 [in dieser Ausgabe: 35] 6 [39], 8 [41], 9 [42], 10 [43], 11 [44]. 12 [44]. 14 [46]. 18 [50]. 21 [52]. 22 [53]. 38 [67]. 40 [69]. 42 [70]. 43 [71]. 44 [72] u. 47 [74] der Brochure Gott Vater als gebrechlicher, hinfälliger u. kindlich gewordener Greis dargestellt sei:

Mir schwebte der Gedanke vor, daß sich die heutige Generation u. zwar sowohl in gebildeten Kreisen, als auch in unteren Schichten der Bevölkerung mehr u. mehr von dem christlichen Glauben abwendet, ich wollte den Satz: »Die Götter werden alt« in drastischer Weise dadurch darstellen, daß ich Gott Vater selbst als einen gebrechlichen Greis schilderte.

Daß hierin eine Lästerung gelegen ist, erscheint mir unbestritten. Ich wollte nur meine Zeit in Beziehung auf Glaubens-Anschauung schildern.

b. Auf Vorhalt der Stellen auf Seite 10 [42] u. 12 [44] /: Cherubim als Antinous:/

Ich wollte nur darstellen, daß Gott von einem hübschen Engel begleitet ist, ähnlich wie nach der antiken Sage Zeus von Ganymed. Der Gedanke, den Cherubim als Lustknaben oder dgl. zu schildern, lag mir fern.

c. Auf Vorhalt, daß Christus auf Seite 18. [49] /: Heiliger Geist :/

Diese Darstellung erfolgte aus einer Verlegenheit, weil es mir so wenig wie Andern möglich ist, ein Bild des Heiligen Geistes zu geben.

d. Auf Vorhalt, daß Christus auf Seite 17. [49] 18 [49]. 19 [51]. 22 [53]. 39 [67]. 40 [69]. 42 [70]. 43 [71]. 44 [72]. 47 [74] als eine lächerliche Erscheinung u. eine lächerliche Person geschildert sei:

Bei der Darstellung Christi als einer ohnmächtigen, schwindsüchtigen Person wollte ich die Depossedirung Christi durch den Marien-Cultus in der katholischen Kirche darstellen. Nach der Lehre der christkatholischen Kirche ist die Christus-Verehrung hinter dem Marien-Cultus weit zurückgetreten, der in erster Linie die Anrufung der Jungfrau Maria statt Christus vorschreibt z. B. nach der Lehre von Lignosi u. Professor Oswald in Trier als ohnmächtig gegenüber der allmächtigen Jungfrau Maria.

e. Auf Vorhalt daß auf Seite 22. [53] 45 [72]. 72 [96] eine Verspottung des Abendsmahls u. des Erlöser-Glaubens:

Hier brachte ich den pessimistischen Gedanken zum Ausdruck, daß es einen Menschen, der vielleicht schuldlos von der Syphilis befallen wird, u. diese als ein göttliches Strafmittel versteht, schwer wird, noch an eine Erlösung durch Gott zu glauben.

f. Auf Vorbehalt, daß die Jungfrau Maria auf Seite 15, [46] 19 [51], 20 [51] 41 [69], 43 [71 f], 44 [72]. 65 [89]. 66 [92]. 68 [93]. 69 [94] als ein eitle gefallsüchtige Person, welche überdies jeder weiblichen Schamhaftigkeit baar ist, dargestellt u. auf Seite 39. [68] 41 [69]. 45 [72]. 46 [74]. als Freundin des Teufels bezeichnet wird.

Wenn ich den Gedanken, daß die Lustseuche vom Him̄el gesendet sei, zum Ausdruck bringn wollte, so mußte ich die Personen im Him̄el auch ungenirt über sexuelle Vorgänge reden lassen, dieses ließ ich gerade die Heilige Mutter Gottes thun, weil sie aus einer menschlichen Person, die ihr Kind geboren hatte, allmälig nach der kirchlichen Lehre zu einer allmächtigen Göttin geworden war. Mir schwebte dabei die Erin̄erung an Schriften der Jesuiten vor, in welchen mehrfach der Jungfrau Maria der Charakter einer erotischen Person gegeben ist u. in welchen auch erotische Bilder gemalt sind. Diese Schriften hatte ich in meinem jüngst erschienenen Buche: »Der deutsche Michel u. der römische Papst« in dem Abschnitt Maria zahlreich angeführt.

Ich habe, was ich noch allgemein bemerke, in der Brochure: »Das Liebeskonzil« religiöse Einrichtungen satzreich behandelt u. war deshalb gezwungen, gewisse Übertreibungen u. sogar Verspottungen zu begehen.

Beweis-Anträge habe ich zur Untersuchung nicht zu stellen.

v.g.u.

Dr. Oskar Panizza

dem Angeschuldigten wurde eröffnet, daß die Voruntersuchung gegen ihn geschlossen ist. Dr. Oskar Panizza

Das Liebeskonzil

Dem Andenken Huttens

»Es ist got gefellig gewesen in unsern tagen kranckheiten zu senden (als wol zu achten ist) die unsern vorfaren unbekant seint gewesen. Da bey haben gesagt die der heiligen geschrift obligen, das die blatteren uß gotz zorn kumen seint, und got damit unsere bösen berden straffe und peynige.«

Ulrichen von Hutten eins teutschen Ritters
Von den Frantzosen oder blatteren 1519.

»Dic Dea, quae causae nobis post saecula tanta
Insolitam peperere luem?...«

Fracastoro, Syphilis sive de morbo
Gallico. 1509.

Vorwort zur dritten Auflage

Der Verfasser ist hinsichtlich dieser dritten Auflage wenige Worte der Aufklärung schuldig. Das Publikum wird sich vielleicht schon gewundert haben, daß diese Dichtung, die doch vom Staatsanwalt konfisziert ist, immer und immer wieder in der Oeffentlichkeit erscheint. Es wird sich gewiß schon gedacht haben, daß der Dichter verrückt sei. Dem ist aber nicht so. Das Publikum hat eben gar keine Ahnung von den Umständen, unter denen der Dichter produziert und den Inhalt seiner Inspiration vor die Oeffentlichkeit bringt. Es kennt eben nicht jenes Kleinod, welches er allein besitzt, und das ihn befähigt, unabhängig von allen sonst etwa in Betracht kommenden Faktoren, nur seiner Inspiration zu folgen und nur sie ganz und voll zum Ausdruck zu bringen: *das Gottesgnadentum der Dichter.* Das Gottesgnadentum mit seinen schweren Pflichten, seinen niemals endenden, stets andauernden Mühen und Arbeiten, mit seiner furchtbaren Verantwortung vor Gott allein, von der kein Mensch, kein Staatsanwalt, kein Abgeordnetenhaus, kein Volk den Dichter entbinden kann. Es ist dies das Kleinod, welches zwar auch schon früher mehr oder weniger bekannt war, aber doch erst in jüngster Zeit von den Dichtern in voller Klarheit erfaßt und auch dem Volke verständlich gemacht wurde. Es wird also gut sein, wenn das Publikum, der Reichstag, die Minister, die Fürsten, der Kaiser, der Staatsanwalt unsere Dichtungen als das hinnehmen, was sie sind, eine von Gott gewollte Sache, und nicht lang fragen oder nörgeln.

Zürich, den 4. September 1897.
Hochachtungsvoll
Oskar Panizza Dichter von Gottes Gnaden.

Zueignung

»Ihr naht Euch wieder, schwankende Gestalten,
Die früh sich einst dem trüben Blick gezeigt?« –
Jawohl! – Doch sind es andere Gewalten,
Anders das Lied, das ihre Seele geigt.
Wir hüllen uns nicht in antike Falten,
Wo sich vom Wuchs der schöne Waden zeigt.
Wir springen nackig heute aus dem Bette,
Uns präsentier'nd als schlottrige Skelette.

»Ihr bringt mit Euch die Bilder froher Tage?« –
O nein! doch in die Zukunft schau'n wir aus.
Was kommt – das ist uns heut' die nächste Frage:
Mit Elegieen bleibt uns hübsch zu haus.
Was soll um das Vergangene die Klage,
Und ähnliches Gesäusel und Gesaus?
Heut' helfen nicht Sentimentalitäten!
Was tot, ist tot! – Was Leben hat, soll reden!

»Sie hören nicht die folgenden Gesänge,
Die Seelen, denen ich die ersten sang?« –
Nein, nein! inzwischen gab's ein arg' Gedränge,
Das Harfenton und Lyraschlag verschlang.
Zu dem entsetzlich blutigen Geränge,
Hinfiel, wem Obenbleiben nicht gelang.
Da starben Dichter, Bücher unter'm Schlachthauch;
Verleger selbst wie Cotta sind verkracht auch!

– Wie? Sprecht Ihr nicht die Sprache mehr von Goethe? –
Nein! eine andere Sprache kam herauf.
Der Goethe ist uns heute zu petede,
Zu weichlich seiner Aeolsharfe Lauf.
Minister nicht – das Volk führt heut' die Rede,
Am Himmel stieg ein Flammenzeichen auf:
Wir wollen heute schreien, rufen, klagen,
Und uns'rer Seele tiefsten Jammer sagen!

Vorspiel

Direktor.
Schauspieler.
Reschisör.
Dichter.

DIREKTOR Die Häuser leer, und leer auch uns're Kassen,
Das Publikum bleibt wie vom Giftschrank fern.
Theaterstücke haben wir in Massen,
Doch diese Stücke hat das Volk nicht gern.
Stets Kladderadatsch, Radau, Erschießen-laßen,
– Da ist dann meist die Polizei nicht fern –
Und Volksgebrüll, verdächt'ge Späße, Frasen:
Sie halten im Parkett sich zu die Nasen...

RESCHISÖR Ihr müßt nur 'ne Idee damit verbinden.

SCHAUSPIELER Nee, nee! – Tendenz! – Um Gottes willen nicht!

DIREKTOR Was heißt »Tendenz«?! – Laßt mich 'was Schönes finden!

SCHAUSPIELER Das Schöne schlägt der Wahrheit ins Gesicht.
Streng soll der Dichter an den Stoff sich binden,
Und objektiv sich zeigen. Anders nicht!

DIREKTOR *auf den Schauspieler weisend*
Seid Ihr denn »objektiv« – mit Euren Waden,
Perücken, Stelzen, Buckeln und Pomaden?! –

SCHAUSPIELER Das ist 'was and'res! – Das ist hohler Schein,
Und muß es sein; dafür ist es die Bühne...

DIREKTOR *unwillig*
Laßt mich mit Redensarten nur allein! –
Wenn ich auf dem Koturne mich erkühne,
Dann soll es auch gedichtet darnach sein;

Und ich will Thränen, Jammer, Schuld und Sühne:
Sie sollen im Parterre mir wieder flennen,
Und dankbar dann nach Hause kehren können.
SCHAUSPIELER Da weicht Ihr ganz nun von der Regel ab.
DIREKTOR Ich hab' mich nie nach Regeln eingerichtet!
SCHAUSPIELER Da kommt Ihr wieder in den alten Trab.
DIREKTOR Poet ist der, der volle Häuser dichtet!
SCHAUSPIELER Und das Theater wir dann ein Schabab,
Wo jeder nur auf Pathos sich verpflichet
Und Purzelbäume schlägt, Piretten, Triller
Mit Kraftgejauchze à la Schubart, Schiller.
RESCHISÖR Ihr Herrn, mir scheint, der Streit geht schon zu weit.
Es kommt doch darauf an, was man tragieret.
Der eine trägt die Kleider eng, der weit,
Weil jeder nur sein Körpermaß tangieret.
Laßt jedem, wie's ihn ziert, sein eigen Kleid –
Im übrigen die Rollen gut studieret! –
Seht dort den Herrn in seinen langen Falten,
Den fragt, und laßt nur seinen Genius walten!
Sie haben alle den in tiefer Meditation begriffenen Dichter erblickt, der, im Hintergrunde vorüberwandelnd, eben an ihnen vorbeischreiten will.
DIREKTOR He, Freund, Ihr kommt wohl grade vom Parnraß?
Ich seh's am Schritt, ich seh's an Eurer Miene;
Die Stirne ernst gesenkt, die Wimper naß –
Ihr spracht gewiß mit Klio, Euphrosyne –
Und hier der Styl, die Rolle – ohne Spaß,
Ihr schreibt ja sonst doch für die deutsche Bühne –
Darf ich erfahren, was in Eurem Busen
Erweckt die wechselvollen, keuschen Musen? –
DICHTER *trocken* Ich komm' vom Bräuhaus grad' – Ihr Herrn, verzeiht!

Es ist das sonst nicht meine Lieblingsstätte;
Weit lieber weilt' ich in der Einsamkeit,
Wo sich mein Geist wohl reich befruchtet hätte –
Nur um 'nen Stoff zu suchen, wie's gebeut
Die Mode jetzt, trank ich dort um die Wette –
Doch mitten aus der dampferfüllten Stelle
Trieb's mich im Geiste fort zu Himmel, Hölle...
Was um mich herging, nicht vernahm's mein Ohr,
Entrückt war ich in weltenfernte Weiten,
Nur dumpf vernahm ich der Berauschten Chor,
Dieweil ich kniete vor Drei-Einigkeiten...

ALLE DREI *stürzen auf ihn los* Ihr schriebt ein Stück!

SCHAUSPIELER Die Hölle kommt drin vor!?

DIREKTOR Fantastisch, seh' ich, thut sich's da ausbreiten!

RESCHISÖR Verwantet Ihr Versenkung, Flugmaschinen?

SCHAUSPIELER Darf ich wohl mit der Teufelsrolle dienen?

DICHTER *weicht zurück, ernst* Ich warne!...

DIREKTOR *entreißt ihm die Rolle* Her damit! – Ihr wißt ja nie,
Wann Euch einmal ein großer Wurf gelungen.
Da schreibt Ihr von der Nacht bis in die Früh',
Und habt mit Teufeln und mit Gott gerungen,
Und soll's dann auf die Bühne endlich – sieh,
Da hat Melancholie Euch fast bezwungen.

RESCHISÖR *zum Dichter* Laßt's ihn nur sehn!

DIREKTOR *die Hand zum Akkord ausstreckend* Ich nehm's!
Thu's blindlings nehmen!
Und später reden wir von den Tantièmen.

DICHTER *ernster* Ich warne vor dem Stück!...

DIREKTOR *beruhigend* Was kann es sein? –

DICHTER Muß, was der Dichter schaut in ernster Stunde,
Wenn er erschüttert, fiebernd und allein,
Denn auf die Bühne gleich, in aller Munde,
Und ausgeschrien auf dem Markte sein?

Die Masse, mit dem Bösen stets im Bunde,
Bläst gleich den Funken auf zum Feuerschein...

DIREKTOR *halblaut zu Reschisör und Schauspieler* Der Kerl
hat einen Treffer! – Schafft ihn weiter!
Ich geh' zum Kostümier gleich und zum Schneider.

RESCHISÖR *der mit dem Schauspieler den widerstrebenden Dichter fortdrängt* Laßt's ihn doch lesen! –

DIREKTOR *zu dem sich schwer fügenden Dichter*
Geht nur mit den beiden!
Denn kommt's zur Probe, braucht's noch manches Wort!
Für sich im Manuskript blätternd, während die andern ab
Auch der Censur muß ich's noch unterbreiten,
Sonst streicht sie mir die besten Stellen fort.
»Umsturz« und »Engelsturz« zu unterscheiden,
Ist auf der Polizei just nicht der Ort.
Er schließt die Rolle und hält sie hoch in der Linken
Doch komm' ich raus aus all der Not und Enge,
Seh' ich 'mal wieder Häuser voll Gedränge. *Ab*

Personen

GOTT VATER
CHRISTUS
MARIA
DER TEUFEL
DAS WEIB
EIN CHERUBIM

ERSTER ZWEITER DRITTER	} ENGEL
HELENA PHRYNE HELOISE AGRIPPINA SALOME	} *Gestalten aus dem Totenreich*

RODRIGO BORGIA, ALEXANDER VI, PAPST

GIROLAMA BORGIA, *vermählt mit Cesarini* ISABELLA BORGIA, *vermählt mit Matuzzi*	Kinder des Papstes	Mutter unbekannt
PIER LUIGI BORGIA, *Herzog von Gandia* DON GIOVANNI BORGIA, *Graf von Celano* CESARE BORGIA, *Herzog von Romagna* DON JOFFRE BORGIA, *Graf von Cariati* DONA LUCREZIA BORGIA, *Herzogin von Bisaglie*	Kinder des Papstes	von der Vanozza
LAURA BORGIA GIOVANNI BORGIA } *noch minderjährig*	Kinder des Papstes	von Julia Farnese, vermählte Orsini

DIE VANOZZA
JULIA FARNESE, *vermählt mit Orsini* } *Mätressen des Papstes*

ALESSANDRO FARNESE, *Julia's Bruder, Kardinal*

DONA SANCIA, *Schwiegertochter des Papstes, vermählt mit Don Joffre*

ADRIANA MILA, *Vertraute des Papstes, Erzieherin seiner Kinder*

FRANCESO BORGIA, *Erzbischof von Cosenza*
LUIGI PIETRO BORGIA, *Kardinal-Diakon*
COLLERANDO BORGIA, *Bischof von Monreale*
RODRIGO BORGIA, *Kapitän der päpstlichen Garde* } Neffen des Papstes

GIOVANNI LOPEZ, *Bischof von Perugia*
PIETRO CARANZA, *Geheimkämmerer*
JUAN MARADES, *Bischof von Toul, Geheimintendant*
GIOVANNI VERA DA ERCILLA
REMOLINA DA ILERDA } *Mitglieder des heiligen Kollegiums*
} Vertraute des Papstes

BURCARD, *Ceremonienmeister des Papstes*

EIN PRIESTER

EIN DEUTSCHER SCHULMEISTER

ERSTER
ZWEITER
DRITTER } *Edelmann*

PULCINELLO }
COLOMBINA } *Schauspieler*

EINE COURTISANE

Der heilige Geist, Erzengel, ältere und jüngere Engel, Amoretten; – Maria Magdalena, Apostel, Märtyrer, barmherzige Schwestern, ein Bote; – Tiere, Fratzen, Gestalten von Toten; – Geistliche Würdenträger, päpstliche Hofbeamte, Gesandte, römische Damen, Cavaliere, Courtisanen, Schauspieler, Sänger, Kämpfer, Soldaten, Volk.

ZEIT: Frühjahr 1495, das erste, historisch beglaubigte Datum vom Ausbruch der Lustseuche.

Erster Aufzug

Erste Scene

Der Himmel; ein Thronsaal; d r e i E n g e l *in schwanenweißen federdaunenartigen Anzügen mit eng anliegenden, durch Schleifen gehaltenen Kniehosen, Wadenstrümpfen, kurzen Amoretten-Flügeln, weißgepuderten, kurz geschnittenen Haaren, weißen Atlasschuhen; sie haben Flederwische in der Hand zum Abstauben.*

ERSTER ENGEL Heut steht ER wieder spät auf.

ZWEITER ENGEL Seid froh! Dieses Gehust', dieses wasserblaue Geglotz', dieses Schleimfließen, Fluchen, Spucken den ganzen Tag – man kommt zu keinem gesunden Augenblick.

DRITTER ENGEL Ja, es ist merkwürdig daheroben!

ERSTER ENGEL A propos! Ist der Thron festgemacht?

ZWEITER ENGEL Ja, um Gottes willen! Ist der Thron festgemacht? Er wackelte gestern.

DRITTER ENGEL Wer wackelte gestern?

ERSTER ENGEL Der Thron, dummes Gänschen!

DRITTER ENGEL *verwundert* Der Thron? – Warum wackelt der Thron?

ERSTER ENGEL Enfin, er wackelt eben.

DRITTER ENGEL Wie? Wackelt denn hier heroben überhaupt etwas?

ERSTER UND ZWEITER ENGEL *laut auflachend* Ha, ha, ha, ha! –

DRITTER ENGEL *immer ernster und erstaunter* Ja, warum wackelt der heilige Thron?

ERSTER ENGEL *energisch* Dummes Gänschen! Weil hier so

wie so alles aus dem Leim geht und lidschäftig wird, Götter und Möbel, Fransen und Tapeten.

DRITTER ENGEL *innerlich erbebend* Gott, wenn das meine Mutter wüßte!

ZWEITER ENGEL *stirnrunzelnd und höhnisch* Deine Mutter? – Was willst Du denn mit Deiner Mutter, Fratz?

DRITTER ENGEL Ach, sie ließ doch heute die sechzigste Seelenmesse für mich lesen!

ERSTER UND ZWEITER ENGEL *mit wachsender Verwunderung* Für dich?! – *Beide laut auflachend.* Ja, wie alt bist denn Du?

DRITTER ENGEL *sich besinnend und dann mit Pathos citierend* »Vor Gott sind tausend Jahre wie ein Tag, und ein Tag wie tausend Jahre!«

ERSTER UND ZWEITER ENGEL *ihr abwinkend und sie zur Raison bringend; sehr breit* Ja, ja, ja, – is schon recht; das wissen wir schon! – Aber wie alt warst Du denn drunten?

DRITTER ENGEL *kindlich* Knapp vierzehn Jahre!

ERSTER ENGEL *lachend* Und da brauchst Du Seelenmessen?

DRITTER ENGEL *zaghaft* Ach, Ihr wißt ja nicht, ich bin ja gestorben!

ERSTER UND ZWEITER ENGEL *noch lauter lachend* Ha, ha, ha! Hi, hi! – No, natürlich, sonst wärst Du ja nicht hier! –

DRITTER ENGEL *mit unverrückbarem Ernst* Ach, Ihr wißt ja nicht, ich bin ja in Sünden gestorben!

ERSTER UND ZWEITER ENGEL *aufs neue lachend* Das auch noch! – Du armer Schlucker, was hast Du denn getan?

DRITTER ENGEL *stockt, schaut mit starren Augen ihre Genossinnen an und faltet die Hände.*

ZWEITER ENGEL *höhnisch* Hast deine Schulaufgabe nicht gelernt? – Hast Kleckse in dein Schreibheft gemacht?

DRITTER ENGEL *immer in ängstlich-gespannter Haltung* Ach, mir wird so bang; – nicht wahr, Ihr sagt es nicht weiter?!

ERSTER UND ZWEITER ENGEL *sich ausschüttend vor Lachen* Was? Da heroben und nichts weitersagen?!

DRITTER ENGEL *erstaunt* Was? Ihr wißt es schon?

ERSTER ENGEL Nein! Aber sag's nur heraus; wir erfahren's doch!

ZWEITER ENGEL Also frisch! Was war's?

DRITTER ENGEL Ach, mich hat ein grosser Mann – erdrückt!

ERSTER ENGEL *betonend* Erdrückt?

DRITTER ENGEL Oder vergiftet!

ZWEITER ENGEL *ebenso betonend* Vergiftet?

DRITTER ENGEL *naiv* Ich weiß nicht mehr, wie die Mutter sagte.

ERSTER ENGEL *mit wachsendem Erstaunen* Ja, war denn die Mutter dabei?

DRITTER ENGEL *mit glänzenden Augen erzählend* Die war im Nebenzimmer; – aber die Tür war halb offen; – da kam ein großer, alter Mann herein; – die Mutter hatte gesagt, ich sollte alles geschehen lassen; – der Mann sei der Rektor der Schule und sei sehr streng; – und wenn ich in allem gehorsam sei – käme ich unter die Ersten; – und der große, alte Mann –

ERSTER UND ZWEITER ENGEL *drängend* Nun, der große, alte Mann...?

DRITTER ENGEL *fortfahrend* ...war sehr stark.

ERSTER UND ZWEITER ENGEL *sich gegenseitig anschauend und die Kleine imitierend* Der große, alte Mann war sehr stark!

ZWEITER ENGEL So steht's im Ollendorf* auch.

ERSTER ENGEL *die Kleine aufrüttelnd* Nun, was that denn der große, alte Mann?

DRITTER ENGEL *herausbrechend* Er drückte mich und vergiftete mich und bespie mich mit seinem heißen Atem und wollte in meinen Leib eindringen...

* Bekannte Schulgrammatik.

ERSTER UND ZWEITER ENGEL *die Hände zusammenschlagend, mit verstellter Verwunderung* Was? – Und die Mutter kam Dir nicht zu Hilfe?

DRITTER ENGEL Sie stand an der Thürspalte und sagte immerfort: »Sei nur brav, Lilli, sei nur brav, Lilli!«

ZWEITER ENGEL Nun, und dann?

DRITTER ENGEL Dann lag ich schluchzend auf dem Bett.

ERSTER ENGEL Und dann?

DRITTER ENGEL *sich besinnend* ... ich hörte dann noch die Mutter mit dem Manne reden ...

ZWEITER ENGEL Was sprachen sie?

DRITTER ENGEL *sich tief besinnend* ... ich weiß es nicht mehr ... sie waren schon im Nebenzimmer ... ich hörte noch die Zahl fünfhundert ...

ERSTER ENGEL Und dann?

DRITTER ENGEL *sich immer länger besinnend* ... die Mutter kam herein ... sie sagte, nun hätten wir [im Original: »sie«] viel Geld, und könnten lustig und vergnügt für immer leben ... *Die Gedanken gehen ihm aus.*

ERSTER ENGEL *drängend* Und dann? –

ZWEITER ENGEL *ebenso* Und dann? Und dann?

DRITTER ENGEL *fast verklärt* Dann bin ich gestorben.

ERSTER UND ZWEITER ENGEL *fahren, die Hände über dem Kopf zusammenschlagend, mit einem schrillen, lang anhaltenden, mädchenhaft-gilfenden Ton, wie um eine innere Erregung ausströmen zu lassen, auseinander und, wie zwei Kreisel pfeifend, in der weitesten Rundung im Saal herum; die Dritte noch immer in starr verklärter Stellung.*

ERSTER ENGEL *nach längerem Umhersausen, atemlos* Und da läßt Dir jetzt Deine Mutter für das viele Geld Seelenmessen lesen?!

DRITTER ENGEL *weinerlich ängstlich* Ich bin ja in Sünden gestorben!

ZWEITER ENGEL *eindringlicher* Für die 500 Mark oder Thaler

oder Franken läßt Dir jetzt Deine Mutter Seelenmessen lesen?!

DRITTER ENGEL *missverstehend-naiv* ... für einen Teil des Geldes.

ZWEI ÄLTERE ENGEL *kommen schnell hereingestürzt mit dem Ruf* ER kommt! – ER kommt! – Ist alles parat? – *Die drei fahren auseinander und machen sich an die Arbeit.*

ERSTER ENGEL Um Gottes willen, seht, ob der Thron fest ist! *Einer der Engel macht sich am Thron zu schaffen. Andere Engel kommen inzwischen, bringen Decken, Polster, Kissen und dergl.*

ZWEITER ENGEL *hopst auf den Thron und probiert ihn nach allen Seiten* Alles fix!

ERSTER ENGEL *zum dritten, der noch scheu ist, Hand anzulegen, und verwundert dem ganzen Treiben zuschaut* Du, davon mußt Du mir noch mehr erzählen. – Jetzt stell' Dich zu uns her!

DIE ZWEI ÄLTERN ENGEL *die bisher außen an der Thüre Wache gestanden haben, kommen jetzt, wie oben, eilfertig zurück, übermäßig mit den Armen fuchtelnd, und mit dem gleichen Rufe* ER kommt! – ER kommt! – Man hört draußen schlappendes und schleppendes Geräusch.

Zweite Scene

Die Vorigen; Gott Vater, ein Greis im höchsten Lebensalter mit silberweißen Haaren, ebenso Bart, hellblauen wässerigen Glotzaugen, thränengefüllten Augensäcken, gebeugten Hauptes, kyphotischen Rückgrats, kommt in langem, talarartigem, mißfarbigweißem Gewande, von zwei Cherubim rechts und links gestützt, hustend und brustrasselnd, schwer fällig tappend und nach vorn geneigt, hereingeschlappt; zwei Engel stehen am Thron und halten diesen; die übrigen stürzen auf die Knie, wenden das Gesicht zur Erde und breiten die Arme aus; hinter Gott Vater ein endloses Cortège von Engeln, Seraphim, Thürstehern, Aufwärtern, alles weiblich oder geschlechtslos, mit teils alltäglich-gelangweilten, teils fürwitzigen, teils ängstlich-besorgten Gesichtern, sowie einige nonnenartig gekleidete barmherzige Schwestern mit Medizinflaschen, Decken, Spucknäpfen und drgl. – Sie gleiten Gott Vater langsam vorsichtig zum Thron, helfen ihm die zwei Stufen hinauf, indem sie unten seine Beine fassen und hinaufheben, drehen ihn dann oben um und lassen ihn langsam auf den im ältesten byzantinischen Stil gehaltenen, mit reichem Mosaik verzierten Sitz nieder, indem Zwei vorne, Zwei hinten und je Einer an den beiden Seiten ihn teils stützen, teils in Empfang nehmen; ein letzter Engel trägt die Krücken nach.

GOTT VATER *sinkt mit einem verzweifelnd ausgestoßenen, lebenssatt-rauhen Exspiritations-Seufzer auf den Thron nieder* Ach! – *Glotzt dann starr und bewegungslos, aber schwer atmend vor sich hin.*

Alle Engel, auch die bis dahin in adorierender Stellung Gewesenen, in hastig hin- und herlaufender Bewegung.

CHERUBIM *in flüsternd-drängendem Befehlston* Die Fußbank!

EIN ENGEL *bringt eilig das Gewünschte* Die Fußbank.

CHERUBIM *die Fußbank untersetzend; wie oben* Die Wärmeflasche!

EIN ENGEL *bringt sie* Die Wärmeflasche.

CHERUBIM *wie oben* Den Fußsack!

EIN ENGEL *eilig* Den Fußsack.

CHERUBIM *wie oben* Die Steppdecke!

EIN ENGEL *bringt sie, eilig* Die Steppdecke.

CHERUBIM *wie oben* Die Schlummerrolle!

EIN ENGEL *bringt sie* Die Schlummerrolle.

CHERUBIM *wie oben* Den Rückenwärmer!

EIN ENGEL *bringt ein sechsfach zusammengelegtes weiches Flanellstück* Den Rückenwärmer.

CHERUBIM *immer hastiger befehlend* Die Armpolster!

EIN ENGEL *bringt zwei Hohlkissen für die Armlehnen* Die Armpolster.

CHERUBIM *wie oben* Das Foulard!

EIN ENGEL *bringt ein kirschrotes Seidentuch* Das Foulard.

Während der Cherubim das Tuch um den Hals des Greisen windet, hört man GOTT VATER *unartikuliert-rauh stöhnen und jammern* Aeh! – Aeh! – Aeh! – Aeh! –

VERSCHIEDENE ENGEL Wo fehlt's? – Was ist? – Helft! Helft! – Wo fehlt's? –

GOTT VATER *mit vorgebeugtem Kopfe weiterstöhnend* Aeh! – Aeh! – Aeh! – Aeh! –

ALLE ENGEL *sammeln sich in grosser Bestürzung um den Thron; einige knien nieder und schauen ängstlich-gespannt auf Gott Vater* Helft! – Helft! – – Wo fehlt's? – Wo fehlt's? – Göttliche Majestät, wo fehlt's? – ER stirbt uns! – Holt Maria! – Holt den Mann – Helft! – Helft! –

GOTT VATER *weiterstöhnend; wird engourdiert im Gesicht; aus den Augensäcken rollen grosse Thränen infolge der Anstrengung* Aeh! – Aeh! – Schu! – Schpu! – Schpu! –

EIN ENGEL *springt auf, triumphierend, mit heller, lauter Stimme* Die Spuckschale!!

ALLE ENGEL *aufspringend, in klirrendem Diskant, erlösend* Die Spuckschale!!

Sie eilen zu einem Tisch, wo Medizinflaschen, Weinkaraffen, Bisquuitgläser u. drgl. stehen und bringen ein rosarote Krystall-Vase.

GOTT VATER *räuspernd, kollernd, sich abmühend, erleichtert sich endlich.*

Ein Engel nimmt die Spuckschale zurück, trägt sie, von

anderen begleitet, feierlich nach hinten: ein anderer Engel wischt dem Alten mit einem seidenen Tuch den Bart ab; dann stehen alle Anwesenden, dicht gesammelt, erwartungsvoll um Gott Vater herum. – Dieser schaut erst lange mit glasig-starren Blicken im Kreise umher, packt dann plötzlich mit zitternden Händen die Krücken, die ihm im Schoß liegen, und stößt sie mit unerwartetem Ruck und heiserem, fürchtenmachendem, fingiertem Gebrüll gegen die Engel vor: »Wuh! – Wuh! –« Die Engel fahren kreischend auseinander und fliehen zu den Thüren hinaus. – Nur ein Cherubim bleibt zurück, der kniend, mit in den Händen vergrabenem Gesicht, sich vor ihm niederwirft. – Lange Pause. –

Dritte Scene

G o t t V a t e r. Ein C h e r u b i m; dieser, ein geschlechtsloser Engel, gefitticht, weiß, sehr schön von Angesicht, im Charakter des Antinous, kniet während der ganzen Scene.

GOTT VATER *nachdem er lange auf ihn herabgesehen, sehr ruhig, mit tief genommenem Bariton* Rollt die Erde noch in ihren Sphären? –

CHERUBIM *die Augen aufschlagend, feierlich* Die Erde rollt in ihren Sphären! – Pause.

GOTT VATER *wie oben* Ist die Sonne schon aufgegangen?

CHERUBIM *zögernd* Die Sonne s t e h t, heiligster Vater!

GOTT VATER *ruhig-unbekümmert* S t e h t die Sonne? – Ach so, ich hab' vergessen. – Ich sehe sie ja fast nicht mehr! –

CHERUBIM Was machen Deine Augen, ehrwürdiger Vater? –

GOTT VATER Schlecht! – Schlecht! – Gott, ich bin alt geworden! –

CHERUBIM *feierlich* Vor Dir sind tausend Jahre wie ein Tag! –

GOTT VATER Ja, ja; aber schließlich gehen die auch herum!

CHERUBIM Du wirst wieder besser werden, göttlicher Greis!

GOTT VATER Nein, ich werde nicht wieder besser werden! *Ausbrechend.* Gott, ist das schrecklich, alt zu sein! – Gott, wie ist das schrecklich, das Alter auch noch ewig leben zu müssen! – Gräßlich, ein blinder Gott zu sein!

CHERUBIM Du wirst wieder sehend werden, göttlicher, heiligster Vater! –

GOTT VATER *bestimmt* Nein, ich werde nicht wieder sehend werden! – Ich werde immer älter, zerbrechlicher und elender! Gott, wenn ich sterben könnte!

CHERUBIM *sanft* Du wirst nicht sterben! – Du kannst nicht sterben! – Du sollst nicht sterben!

GOTT VATER *gerührt, leise weinend* Ach, meine Glieder, sie sind gekrümmt, verschwollen, wassersüchtig, kontrakt, verdorben ... *streicht die Knie hinab.*

CHERUBIM *rutscht ganz nahe zu ihm hin, legt seinen Kopf auf das Knie und streichelt mit der Hand das andere; leise wimmernd, mit tiefer Teilnahme, den Alten kindlich imitierend* Deine Glieder sind gekrümmt, – sind geschwollen, – sind wassersüchtig, – sind kontrakt, sind verdorben ... Ach! – Ach! –

GOTT VATER *intensiver weinend* Meine Füße sind vergichtet, verknorpelt, brennend vor Schmerzen, zuckend und zerrissen ...

CHERUBIM *rutscht hinunter auf die Füße des Alten, liebkost sie, weint und jammert* Deine Füße sind vergichtet, – sind verknorpelt, sind brennend vor Schmerzen, – zucken und sind zerrissen ... Ach! – Ach! –

GOTT VATER *bricht in heftiges, schmerzhaftes Schluchzen aus* Ach! – Ach! –

CHERUBIM *stürzt sich ganz zu Boden und umschlingt beide*

Füße, sein Gesicht in denselben schluchzend verbergend Ach, mein Gott! Mein Gott! –

GOTT VATER *will sich gerührt vorbeugen, streckt beide Arme nach dem Knaben aus, kann ihn aber nicht erreichen, während dicke Thränen auf den Kopf des Cherubim herabtropfen.*

CHERUBIM *dessen gewahr, schnellt empor und bringt sich, in halb kniender Stellung den Körper des Alten umschließend, ihm entgegen.*

GOTT VATER *ergreift in heftiger Leidenschaft den Kopf des Knaben mit beiden Händen, drückt sein naß-verschwommenes Gesicht an dessen Wangen und küßt, von Schluchzen unterbrochen, brünstig dessen Stirne, Augen, Haare. Beide, in Thränen aufgelöst, ruhen, während der heftige Ausbruch des Alten zu versiegen beginnt, in stummer Umarmung aneinander. – In diesem Augenblick klopft es draußen.*

CHERUBIM *fährt empor* Es ist jemand draußen!

GOTT VATER *müd* Sieh wer es ist!

CHERUBIM *nachdem er sich an der Thüre flüsternd erkundigt, kommt er zurück* Ein geflügelter Bote ist draußen, der will dir Nachricht bringen; er thut sehr eilig.

GOTT VATER *gleichgültig* Laß ihn herein! –

Vierte Scene

Die Vorigen, ein gefittichter, auch an den Füßen geflügelter Bote von reiferem Charakter, kommt in Begleitung zweier Engel in großer Aufregung herein.

BOTE *sinkt in den Staub und küßt den Boden; richtet sich dann kniend auf* Herr, ich komme aus Italien; aus Neapel; Gräßliches muß ich Dir berichten; der Pfuhl der Sünde stinkt bis da herauf; alle Bande der Sittlichkeit sind gelöst; man hohnlacht Deiner heiligen am Berge Sinai von dir selbst gegebenen Gebote; die Stadt, vom Franzosenkönig, belagert, ergibt sich den entsetzlichsten Greueln; Weiber laufen mit entblößtem Busen frech-lüstern durch die Straßen; die Männer funkeln wie Böcke; ein Laster folgt dem andern, das Meer brandet bis in ihre Gassen; die Sonne hat sich schon verdunkelt; aber sie achten weder irdischer noch himmlischer Zeichen; die Unterschiede der Stände sind aufgehoben; der König bricht ins Lupanar; und der Facchino dringt zu den feilen königlichen Metzen in den Palast; Hunde und Spielhähne haben ihre Brunstzeit, aber die Neapolitaner sind das ganze Jahr Tiere; die ganze Stadt ein kochender Kessel der Leidenschaft; Italien ist das liebes-wahnwitzigste unter den Völkern Europas; aber Neapel ist in Italien, was Italien unter den Völkern; die Belagerung hat den Rausch der Geschlechter bis zum Wahnsinn gesteigert; kein Alter wird geschont, keiner Jugend sich erbarmt; Zeugungs-Glieder in unermeßlicher Größe werden als Gottheiten in festlichem Aufzug durch die Straßen geführt, von Reigen junger Mädchen begleitet, und wie allmächtige Idole angebetet. Und in Deiner Kirche sah ich den Priester vor dem Altar mit einer feilen Dirne...

GOTT VATER *der dem Gang der Erzählung mit wachsendem Erstaunen zugehört, erhebt sich, seines Zornes nicht mehr mächtig, mit äußerster Kraft-Anstrengung vom Thron und reckt die geballte Faust* Ich will sie zerschmettern! – *Alles stürzt zu Boden und verbirgt das Antlitz.*

CHERUBIM *mit flehender Gebärde* Thu das nicht, lieber, heiliger Vater; – – – Du hast ja sonst keine Menschen mehr! –

GOTT VATER *der den Cherubim lange mit offenem Munde*

angestarrt, sich besinnend, zusammenknickend Ja so, – richtig, – richtig, – ich hab' vergessen – *vollends auf den Thron zurücksinkend* – das Erschaffen ist ja vorbei; – ich bin zu alt; – und meine Kinder können es nicht. –

CHERUBIM *naiv* Beruhige Dich, göttlicher Greis! – Du wirst Dein drohendes Gesicht aus den Wolken zeigen und den Neapolitanern eine Zornesrede halten; sie werden dann schaudern.

GOTT VATER Sie werden nicht schaudern! – Sie verlachen mich ja! – Sie wissen, daß ich nur reden kann. Sie wissen, daß sie da unten unter sich sind; freien, lieben und hassen können, und mich nicht mehr brauchen. – *Auffahrend.* Aber Du *zum Boten* rufe mir meine Tochter, die allerseligste Jungfrau, – und auch meinen Sohn magst du rufen, – und die Cherubim und Würgengel mögen sich für meinen göttlichen Befehl bereit halten; – und auch dem Teufel laß' ich vermelden, er möge sich zu mir bemühen; wir wollen ein Konzil halten und beraten, was in dieser gräßlichen Sache zu tun ist.

Bote und alle übrigen Engel bis auf den Cherubim unter grossem Geräusch ab. – Der Cherubim bemüht sich um den erschöpften Alten, bettet ihn aufs neue auf dem Thron, rückt Fussschemel und Wärmeflasche zurecht, knüpft ihm das Foulard, wischt ihm Gesicht und Bart ab, und schmiegt sich zuletzt zu seinen Füssen, während der Alte dessen Hand ergreift und in der seinen ruhen lässt. – Stumme Szene.

Fünfte Scene

Die Vorigen. Maria, von einer Schar jugendlich amorettenhaft gekleideter Engel, die ihr vorauseilen und ihr Blumen streuen, sowie von erwachsenen Engels-Knaben, die Lilienstengel tragen, gefolgt und begleitet, kommt in hochmütig-stolzer Haltung, eine kleine goldene Krone auf dem Haupte, in einem blauen, sternbesäeten Kleid, welches vorne das weißseidene Untergewand erblicken läßt, durch die Haupt-Thüre herein, macht in Front von Gott-Vater, von dessen Thrones-Stufen sich der Cherubim inzwischen zurückgezogen, eine steife, hofmäßige Verbeugung und begibt sich dann auf einen zweiten, in der Zwischenzeit von dienstbaren Engeln, etwas entfernt von Gott Vater, ebenfalls an der Wand zurechtgerichteten Thron, der, mit hoher Rücklehne, im Stile sich der Zeit der Minnesänger anpaßt. Sie verweilt dort während des Folgenden, von ihrem Engels-Chor umgeben, ausschließlich mit Herrichtung ihrer Toilette, unter Benutzung eines kleinen Spiegels, sowie mit Selbst-Besprengung durch wohlriechende Wasser beschäftigt. – Ein weiches Geflüster schalkhafter, augenschmeißender Amoretten macht sich um sie [im Original: »ihr«] vernehmbar. – Währenddem unterhalten sich auf der entgegengesetzten Seite, links im Vordergrund, die drei aus der ersten Scene bekannten Engel.

ERSTER ENGEL Der Mann kommt.

ZWEITER ENGEL *in die Hände patschend* Der Mann, der Mann kommt.

DRITTER ENGEL *aufhorchend ernsthaft* Der Mann? Wer ist der Mann?

ZWEITER ENGEL Ach, der Mann – du kleines Äffchen – das ist der Mann!

ERSTER ENGEL *belehrend* Das ist der schönste, der zarteste, der zuckrigste Mann; der einzige Mann im Himmel; das ist der Mann.

DRITTER ENGEL *neugierig* Ist er jung?

ERSTER ENGEL Wie eine Palme.

DRITTER ENGEL *nach einigem Besinnen* Ist er jünger wie der alte Mann dort?

ERSTER UND ZWEITER ENGEL *sich gegenseitig ins Wort fallend* Hunderttausendmal jünger!

DRITTER ENGEL *nach weiterem Besinnen* Ist er jünger wie die schöne Frau dort?

ERSTER UND ZWEITER ENGEL *wie oben* Tausendmal, tausendmal jünger!

DRITTER ENGEL *sich wieder besinnend* Ist er jünger wie der garstige alte Mann drunten auf der Erde?

ERSTER UND ZWEITER ENGEL *wie oben* Unendlich oftmal viel jünger!

DRITTER ENGEL *sich erwärmend* Ist er schön?

ZWEITER ENGEL Weiß wie Elfenbein!

DRITTER ENGEL Ist er schlank?

ERSTER ENGEL Wie eine Tanne!

DRITTER ENGEL Was hat er für Augen?

ZWEITER ENGEL Wie eine Gazelle!

DRITTER ENGEL Wie spricht er?

ERSTER ENGEL *sich besinnend* Wie eine Aeolsharfe! – Aber traurig, traurig!

DRITTER ENGEL *teilnahmsvoll* Warum ist er traurig, der M a n n ?

ZWEITER ENGEL Er ist ja verwundet!

DRITTER ENGEL *mit stummer Geste fragend.*

ERSTER ENGEL Sie haben ihn ja in die Hände gestochen!

ZWEITER ENGEL Und durch die Füße!

ERSTER ENGEL Und in die Seite hinein!

ZWEITER ENGEL Und von der Stirn unter den Haaren herab fließen Blutstropfen!

DRITTER ENGEL *der mit wachsender Verwunderung zugehört* Aber er l e b t ?

ERSTER UND ZWEITER ENGEL Er l e b t !

Man hört draußen das Sichnahen eines Zuges. Eine Schar junger, mädchenhafter Engel stürzt voraus.

ERSTER UND ZWEITER ENGEL Der Mann kommt!

DRITTER ENGEL *laut repetierend* Der Mann kommt! *Sie treten etwas zurück, um Platz zu machen.*

DIE VORAUSEILENDEN ENGEL *zwitschernd, kichernd* Der Mann! Der Mann!

Christus, mit gestreckten, nach vorn übereinandergeschlagenen Armen (Ecce-homo-Stellung), kommt im weißen Talar mit übergeschlagenem Purpur-Mantel, als König der Juden, gesenkten Kopfes und mit tief-trauriger Miene skandierten Schrittes herein, umgeben von meist älteren Engeln, die Kreuz und Marterwerkzeuge tragen; in seinem Gefolge Apostel, Märtyrer, Maria Magdalena, Klageweiber. Er ist sehr jugendlich, blaß, mit dunklen Haaren, leichtem Flaumbart, eine hochaufgeschossene, ätherische Erscheinung; auch das Gefolge hat den Charakter tiefer Niedergeschlagenheit und Hinfälligkeit. Die jüngeren Engel drängen sich mit feurigen Blicken um ihn, suchen seinen Gewandsaum zu berühren. Er begibt sich, gleichgültig von Gott Vater beobachtet und gänzlich unbeachtet von Maria, selbst in seiner Passivität von niemandem Notiz nehmend, zu einem für ihn inzwischen aufgeschlagenen, etwas abseits von den anderen stehenden Thron, der die primitive Gestalt eines jüdischen Lehrstuhls hat. Dort läßt er sich, seine Ecce-homo-Stellung beibehaltend, in großer Apathie nieder, während sich sein Gefolge um ihn gruppiert.

Nachdem Alles sich versammelt und die Engelsgruppen in der Front von den drei Thronen, wo sie den ganzen Vordergrund einnehmen, sich kniend niedergelassen.

GOTT VATER *feierlich mit tiefem Pathos* Sind wir alle versammelt? –

Im nächsten Augenblick fährt ein feuriger Streifen pfeifend wie eine Rakete oben am Gewölbe quer durch den Saal, in der Ferne klirrend verhallend: der heilige Geist. – Alles blickt mit feierlicher Geste, die Engel die Hände auseinanderspreitend, nach oben; nur Maria schaut, den Kopf nachlässig auf die linke Thronlehne gestützt, gleichgültig vor sich hin; während Christus, die Arme über der Brust kreuzend, das Haupt noch tiefer senkt und so längere Zeit in tiefer Zerknirschung verweilt.

GOTT VATER *nach einer Pause, während der Alle in die frühere Stellung zurückkehren* Wir haben Euch hierher berufen, um Euren Rat in einer schweren, entsetzlichen Sache zu vernehmen. – Die Menschen haben sich, meine Gebote mißachtend, in götzendienerischer, selbstzerstörender Weise den schrecklichsten Ausschweifungen, den fürchterlichsten Greueln hingegeben. In einer Stadt – in Asien – in – in – wo war es nur gleich?...

CHERUBIM *in nächster Nähe von Gott Vater mit emporgefalteten Händen* In Neapel, heiligster Vater. –

GOTT VATER *sich erinnernd* In Neapel haben sie unter gänzlicher Verschiebung der die Scham garantierenden Kleider sich wie Tiere, mit rücksichtsloser Verachtung der für die fleischlichen Instinkte gesetzten Schranken und Vorbehalte, vermischt, und so den göttlichen Zorn...

MARIA *einfallend, leichthin* Ach ja, ich hab' davon gehört.

GOTT VATER *erstaunt aufhorchend* Wie? Was ist das?

MARIA *wie oben* Ja, ich kenne die Affäre. Der Bote war zuerst bei mir... *Hält sich plötzlich den Mund zu, als wolle sie's zurücknehmen.*

GOTT VATER *blaß vor Zorn, will auffahren, sucht den Boten unter den Versammelten, blickt dann wieder schnaubend zu Maria hinüber.*

CHERUBIM *mit stummer Geberde, bittet den Alten, sich zu bemeistern, und hält unverwandt in seinem Bitten an.*

GOTT VATER *schluckt es hinunter, bitter...* Dann seid Ihr

alle orientiert. *Kämpft noch längere Zeit mit seiner Erregung.* – – Die schrecklichste Strafe haben Wir bei Uns beschlossen ...

MARIA *dazwischenfahrend* Das Gesindel wird nie besser.

CHRISTUS *blickt matt auf, mit schwindsüchtiger und gläsernem Aug', nachlallend* Nein, – das Gesindel – wird nie besser.

DIE ENGEL *unter sich, sich anstoßend* Der Mann! Der Mann! –

MARIA MAGDALENA *bitter* Was haben sie denn gethan?

MARIA *kurz* ich sag' Dir's nachher! Koschonnerien, wie gewöhnlich.

GOTT VATER *erbost* Wir wollen sie verderben!

CHRISTUS *wie oben* Ja, ja, – wir wollen sie verderben!

CHORUS DER APOSTEL, MÄRTYRER, ENGEL *bedauernd* Ah! – Ah! –

CHRISTUS *nicht orientiert* Hä?

MARIA *kurz, imperatorisch* Nein, nein! Das geht nicht! Wir müssen sie doch haben.

CHRISTUS *nachsprechend* Ja, – ja, – wir müssen sie haben.

GOTT VATER *sich in der Minorität fühlend, zornig* Müssen wir sie haben? – Ich will sie ausrotten, diese Scheusale. – Will – will – will wieder eine schöne Erde haben mit Tieren im Walde ...

MARIA *spöttisch* Wenn wir Tiere haben, müssen wir Menschen auch haben.

MARIA MAGDALENA *teilnahmsvoll* Die Sünde dient zur Läuterung.

GOTT VATER Sie fressen die Sünde wie süßen Kuchen, bis sie platzen, bis sie faulen.

MARIA *trocken* Die Begattung müssen wir ihnen schließlich lassen. – Ein Stückchen Wollust muß man ihnen gönnen – sonst hängen sie sich am nächsten Baum auf. *Der Alte schaut immer zorniger, sprühender herüber.* Bei der Nacht!

Bei der Nacht! – Im Frühjahr! – Zu gewissen Zeiten! – Wenn der Mond scheint! – Mit Maß und Ziel!...

GOTT VATER *immer zorniger* Ich will sie erschlagen wie zwei geile Hunde – in ihrem schönsten Rausch!... *Große Bewegung in der Versammlung. Die jüngeren Engel blicken sich staunend an.*

MARIA *trocken* Wer macht dann die Menschen?

Während die Apostel sich eifrig unterhalten und eine peinliche Empfindung durch den ganzen Saal geht, starrt der Alte mit glühendem Kopfe schwer keuchend vor sich hin; er wird immer dunkler im Gesicht, kollert und rasselt; ein Erstickungsanfall scheint im Anzuge zu sein; er fuchtelt mit den Armen herum; wirft Decken und Krücken von sich; stöhnt und brüllt; man eilt ihm zu Hülfe: bringt Spuckschale, Flaschen mit ätherischer Flüssigkeit; Maria ist besorgt aufgesprungen; Christus, vor Schwäche sitzen bleibend, blickt mit lechzenden, glasigen Augen herüber; große Verwirrung. Der Alte weist aber alle Hülfe und Unterstützung mit wilder Gebärde von sich, nimmt alle Kraft zusammen und brüllt mit furchtbarer Anstrengung.

GOTT VATER Ich will sie zerschmeißen – zertreten – im Mörser meines Zorns – zerschmettern *ist im Begriffe, sich zu erheben und zu einem allmächtigen, unwiderruflichen, mit der That identischen Schlag auszuholen.*

CHERUBIM *stürzt in diesem Moment hervor, wirft sich vor dem Alten hin, mit flehender Stimme* Heiligster, göttlichster Vater, morgen ist Ostern! – Drunten essen sie das Passah-Mahl!

CHOR DER APOSTEL, MÄRTYRER, ÄLTEREN ENGEL *einfallend* Sie essen das Passah-Mahl.

GOTT VATER *der innegehalten* Was essen sie? –

CHERUBIM UND DIE ANDEREN Sie essen das Passah-Mahl!

GOTT VATER *blickt verwundert um sich* Das Passah-Mahl essen sie?

CHOR DER APOSTEL Sie essen das Osterlamm!

CHERUBIM Sie essen das Abendmahl!

GOTT VATER *sich besinnend* Das Abendmahl?

CHERUBIM Sie essen das Fleisch und Blut Christi!

GOTT VATER *etwas wärmer* Mein Sohn, sie essen Dich!

CHRISTUS *mit matter Stimme* Ja, sie essen mich.

MARIA *mit gemachter Zärtlichkeit* Mein lieber Sohn, den ich in meinem Leibe getragen habe!

CHRISTUS *kindlich* Den du in deinem Leibe getragen hast.

GOTT VATER *mechanisch* Den sie in ihrem Leibe getragen hat.

DIE JÜNGEREN ENGEL *unter sich flüsternd* Der Mann! – Der Mann! –

MARIA *wie oben* Dich essen sie!

CHRISTUS *wie oben* Mich essen sie.

GOTT VATER *wie oben* Ihn essen sie.

CHRISTUS *auffahrend* Ja, und trotzdem werden Wir da heroben immer elender und schwächer! – Es ist entsetzlich! *Hüstelt.* Mich essen sie, und werden wieder gesund und sündenfrei. Und Wir gehen immer mehr zugrund. Erst fressen sie sich drunten mit Sünden voll, bis zum Platzen, und dann genießen sie mich, und gedeihen, und werden sündenfrei, und dick und fett; und Wir werden mager und elend. Ah! diese vermaledeite Rolle! Ich möchte einmal den Spieß umkehren und mich satt essen, und sie darben lassen!

Bricht in einen schwindsüchtigen Husten aus.

MARIA *aufspringend und zu ihm hineilend, besorgt* Mein Gott, mein Sohn, vergiß nicht, Du bist unverletzlich, göttlich, unaufzehrbar, in alle Ewigkeit derselbe! *Legt sein Haupt an ihre Brust und liebkost ihn.*

CHRISTUS *schluchzt heftig an der Brust Marias.*

DIE JÜNGEREN ENGEL *unter sich flüsternd* Der Mann! Der Mann! –

GOTT VATER *nach einer Pause, viel ruhiger geworden, zu*

Cherubim Wer feiert denn da drunten jetzt alles Passah-Mahl? –

CHERUBIM *einfallend* Die Christen, heiliger Vater! Deine Gläubigen, göttlicher Meister; deine Kinder, die auf dich hoffen; die Frommen, die Katholischen, die alleinseligmachende Kirche, deine Priester, die Bischöfe, der Papst! –

GOTT VATER *gern glaubend, freundlich* So! – Das wollen wir doch einmal ansehen!

MARIA *glücklich, daß ein Ausweg gefunden* Ja, das wollen wir uns einmal ansehen! *Zu Christus.* Komm, mein Sohn, wir wollen uns das einmal ansehen, das wird Dich zerstreuen!

Große Erleichterung in der ganzen Versammlung; die kompakten Gruppen lösen sich auf; jüngere Engel verlassen den Saal; dienstbare Geister machen sich an den Thronen zu schaffen, um alles wieder in prächtige, geschmückte Ordnung zu bringen; alles medizinische Geräte wird entfernt; dafür werden eigentümliche große Dreifüsse während des Folgenden hereingebracht; die Gruppen der Apostel, Märtyrer, Engel, barmherzigen Schwestern entfernen sich in feierlicher Ordnung; so dass zuletzt nur die drei Gottheiten, der Cherubim und einige ältere Engel zurückbleiben.

GOTT VATER *der bequem auf seinem Thron in halbliegender Stellung gebettet ist, in tief-sonorem feierlichem Ton* Bringt Uns die Räucherbecken und Kohlenpfannen, – und erzeugt in Uns Allwissenheit und Allgegenwärtigkeit! –

Die Dreifüsse werden in die Mitte des Saales gestellt, mit einer braunen Droge, gemischt mit Sandelholz, beschickt, und dann angezündet; die Thüren werden geschlossen; die dienstbaren Engel entfernen sich, als letzter der Cherubim. Man sieht die drei Gottheiten, während sich die Dampfwolken verbreiten, langsam zurücksinken und die Augen schließen. Während dem fällt der Vorhang.

Zweiter Aufzug*

*Ein Prunksaal im päpstlichen Palast in Rom, den im Hintergrunde Arkaden mit darüber befindlicher Galerie im Rundbogenstil abschließen; der Saal ist rückwärts als an die Privatkapelle des Papstes anstoßend gedacht, mit der eine Kommunikation von der im ersten Stock befindlichen Gallerie aus durch Oeffnen der daselbst sichtbaren Fenster möglich ist, derart daß die Gallerie mit dem Sänger-Chor der Kapelle etwa in geicher Höhe liegend gedacht ist. – Die ganze linke Seite (von der Bühne aus) nehmen der Papst mit seiner Familie, der päpstliche Hofstaat und die tafelnden Gäste ein, wo reich besetzte Tische mit kostbarem Service und hellen, auffallend hohen, dreiarmigen Kandelabern zu sehen sind. Die ganze Mitte und rechte Seite, mit Ausnahme einiger zu äusserst rechts sich bildenden unterhaltenden Gruppen, bleibt für die späteren Evolutionen und Maskeraden. – Es ist gegen Abend und der erste Ostertag 1495; die Speisen werden eben abgetragen. Der Papst ist in dem bequemen, wenig auffälligen Kostüm eines Hausprälaten (violett mit Sammet) gekleidet und trägt ein rundes Sammetkäppchen; alle übrigen in reichen Kostümen. – Glänzende Dienerschaft; fortwährendes Hin- und Hergehen; rege Unterhaltung; wiederholtes Gelächter; im Hintergrund unter den Arkaden ist eine Musik postiert; die Gallerie mit Zuschauern, Leuten aus dem Volke, besetzt; die Gruppen im Saal bilden sich, tauschen Neuigkeiten aus und zerstreuen sich wieder. – Außer dem Papst (*Rodrigo Borgia*, Alexander VI.), einem Sechzi-*

* Burchardi, J. (päpstlicher Ceremonienmeister Alexanders VI), Diarium, nouvelle édition par Thuasne. 3 vols. Paris 1883–1885.

ger, seine neun Kinder Girolama, Isabella, Pier Luigi, Don Giovanni, Graf von Celano, Cesare, Don Gioffre, Lucrezia, fünfzehnjährig, blond, heiter und kindlich, Laura und Don Giovanni Borgia, ein Knabe; seine Schwiegertöchter und Schwiegersöhne, darunter Dona Sancia, Gemahlin Don Gioffre's; seine Neffen und Verwandten, darunter Collerando Borgia, Almosenier, Bischof von Coria und Monreale, Francesco Borgia, Erzbischof von Cosenza, Schatzmeister des Papstes, Luigi Pietro Borgia, Kardinal-Diakon von Santa Maria; Rodrigo Borgia, Kapitän der päpstlichen Garde; seine Vertrauten, darunter Giovanni Lopez, Bischof von Perugia, Pietro Caranza, Geheimkämmerer, Giovanni Vera da Ercilla und Remolina da Ilerda, Mitglieder des heiligen Kollegiums, Juan Marades, Bischof von Toul, Geheimer Intendant; des Papstes zwei Maitressen, die frühere, Vanozza, 53jährig; die jetzige, Julia Farnese, 21jährig; diese mit ihrem Gemahl Orsini, und ihrem Bruder, dem Kardinal Alessandro Farnese; seine Vertraute Adriana Mila, Erzieherin seiner Kinder; Burcard, Ceremonienmeister des Papstes; Erzbischöfe, Bischöfe, Kardinäle, päpstliche Würdenträger, römische Damen, Soldaten und Dienerschaft, Leute aus dem Volke; später Courtisanen und Schauspieler.

DON GIOFFRE Hat dieser Spanier heute nicht wieder langweilig gepredigt?

DER PAPST Schrecklich, es war nicht zum Anhören.

DONA SANCIA *zu Lucrezia* Ich habe dir immer Zeichen hinübergemacht, aber du hast mich nicht verstanden.

LUCREZIA *schläfrig* Ach, Pietro hat mich doch immer mit dem Fuß gestoßen.

DON GIOFFRE Der Spanier hat Seine Heiligkeit auch nicht

verstanden; er predigte immerzu; und Seine Heiligkeit gaben doch deutliche Zeichen der Unzufriedenheit.

DER PAPST Er kommt aus Valencia; die Kerle sind dort so bocksteif; wenn einer anfängt, hört er nimmer auf: jede Empfindung wird eine Rakete, jedes Wort ein Knüppel. *Gelächter.*

FRANCESCO BORGIA (der Bischof) Aber ehrlich Mühe hat er sich gegeben.

DER PAPST Ehrlichkeit ist immer eine Ungeschicklichkeit.

DON GIOFFRE Und das Volk glotzte herauf, wie mit Geisteraugen, wütend, besessen, verschlingend.

DON GIOVANNI Weil Dona Sancia immer wisperte und kicherte.

DONA SANCIA Nein, weil Lucrezia immer Confetti aß.

LUCREZIA Nein, weil Laura eingeschlafen war und schnarchte.

DON GIOFERE Ich glaube, die Perlen der schönen Farnese stachen ihnen in die Augen.

FRANCESCO BORGIA (der Bischof) Konnte das Volk das alles sehen?

LUCREZIA Wir saßen doch alle oben im Chor, rechts und links vom Altar.

DER PAPST Nein, Kinder, das ist es nicht! Ihr dürft lachen und scherzen, Perlen tragen und Confetti essen. Aber ich sah einige Dominikaner unter ihnen sitzen; es sind Florentiner von San Marco, Schüler des Savonarola, dieses Ruhestörers. Sie wiegeln mir das Volk auf, und schwatzen, und machen geisterhafte Augen...

DON GIOFFRE Warum entfernt man die Tagediebe nicht?

FRANCESCO BORGIA Sie sind in Mission hier. Sie konferieren mit ihrem General.

DON GIOVANNI Oho, sind wir hier auch schon so weit, daß man den Frauen den Schmuck vom Körper reißt, auf einen Haufen wirft und verbrennt?

DON GIOFFRE Wird sich Eure Heiligkeit noch länger von dem Florentiner Narren Gesetze diktieren lassen?

DER PAPST *zwinkernd* Wir luden ihn ein. – Er kommt nicht.

DON GIOVANNI Wie, er weigert den Gehorsam?

DER PAPST Der Medizäer schützt ihn. – Lorenzo ist bußfertig geworden und fragt täglich bei Savonarola an, ob er noch Aussicht habe, in den Himmel zu kommen.

LUCREZIA Wer ist Savonarola, santo papa?

DER PAPST Er erlaubt Euch nicht, Confetti zu essen und Perlen zu tragen. *Gelächter.*

DON GIOFFRE *murmelnd* Gibt es kein Mittel …? Haben wir kein Kirchenpulver mehr?

CESARE *finster, trocken* Später! – *Eine Gruppe Edelleute zu äußerst rechts, von der Bühne aus.*

ERSTER EDELMANN *flüsternd* Ihr wißt man fand heute nacht den Herzog von Bisaglie im Tiber?

ZWEITER EDELMANN Ja, er ist ertrunken.

DRITTER EDELMANN Ja, und mit drei schweren Wunden dazu!

ERSTER EDELMANN Er soll schwer betrunken nachts den Vatikan verlassen haben …

DRITTER EDELMANN Es ist gegenwärtig immer gefährlich, nachts den Vatikan zu verlassen, einerlei in welchem Zustand … besonders, wenn man der Gemahl der schönen Lucrezia ist.

ZWEITER EDELMANN Ihr meint …?

DRITTER EDELMANN Ich meine, daß der Herzog von Bisaglie gestern Abend in Gegenwart seiner Gemahlin Lucrezia und ihres Bruders Don Cesar erdrosselt wurde. – *Erster und zweiter Edelmann fahren bestürzt auseinander.*

ZWEITER EDELMANN Aber die tiefen Wunden?

DRITTER EDELMANN Rühren von einem Überfall her, den vor vier Wochen eine Bande Maskierter auf ihn am Petersplatz machte, und von denen der Herzog die Unverschämtheit hatte, genesen zu wollen. *Beide erschrecken aufs neue.*

ERSTER EDELMANN Aber seht Lucrezia; sie ist heiter, wie am Hochzeitstag.

DRITTER EDELMANN Sie ist ein Kind! Seine Heiligkeit machte sie diesen Morgen zur Fürstin von Nepi und schickte ihr einen großen Korb mit Confetti.

ZWEITER EDELMANN Und weiß der Papst von dem Sachverhalt?

DRITTER EDELMANN Alexander VI. weiß nichts; Rodrigo Borgia weiß alles.

ERSTER EDELMANN Und was wird er thun?

DRITTER EDELMANN Er wird eine Seelenmesse für den in den Tiber gefallenen Herzog lesen und den Fürsten von Ferrara benachrichtigen, daß Lucrezia frei ist. –

Vom Hintergrund her ertönt eine Tanzweise. Die drei Edelleute gehen auseinander. Man sieht im Hintergrunde Paare tanzen. Die Tafel ist inzwischen abgeräumt und hinausgetragen worden. Die ganze Gesellschaft setzt und lagert sich auf Tabourets und Kissen. Der Platz in der Mitte ist nun freier geworden. Die Gruppen bleiben nicht unbeweglich. Man steht auf, geht zu anderen, plauscht, trinkt und nippt von den dargebotenen Süßigkeiten und, kehrt auf seinen Platz zurück. Von den tanzenden Paaren haben inzwischen einige pausiert. Einige der Damen kommen erhitzt und glühend nach vorn. Der Papst nimmt einem der Diener einen Korb Confetti ab und wirft von denselben den Damen in den Busen. Heiteres Gelächter unten und von der Gallerie herab. Das Musikstück hat aufgehört.

DER PAPST Wo stecken unsere Buffoni! – Laßt sie herein! – Und Wir, Wir lassen uns hier nieder. *Nach links weisend, wo die Plätze sich befinden; zu Lucrezia.* Komm, mein Kindchen!

Pulcinello tritt auf mit Colombina und seinem Gefolge. Sie führen ein mimisches Spiel auf. Pulcinello im weißen Pu-

derkostüm mit Ledergurt, Halskrause, Düten-Mütze und schwarzer Halb-Maske, die Pritsche in der Hand, apostrophiert erst mit tiefen Verbeugungen, Grimassierungen und Verdrehungen das Publikum (auf der Bühne); währenddem sucht er sich plötzlich zu erdrosseln, hält die Hände so, als wenn es fremde wären, ächzt und stöhnt und will sterben. Colombina kommt von hinten vor, erschrickt scheinbar, kann es nicht sehen und hält die Hände vors Gesicht. Der Papst versteht die Anspielung und droht mit dem Finger. Darauf lassen sie ab, und das eigentliche Spiel beginnt in dem Sinne, daß Colombina, die junge Frau des alten Pantalone, von Pulcinello entführt und der Ehemann betrogen wird. Wiederholtes Gelächter während des Spiels und lebhafte Unterhaltung.

DER PAPST *während des Spiels zu Lucrezia, die zu seinen Füßen Platz genommen, schmeichelnd* Mein Herzchen, Du hättest eigentlich heute einen Trauertag; Dein schöner Herzog ist so plötzlich gestorben.

LUCREZIA *kindlich* Ach ja, er ist in den Tiber gefallen.

DER PAPST *bedauernd* Du hast ihn wohl gern gehabt?

LUCREZIA *wie oben* Ach ja, recht sehr!

DER PAPST Sei nur zufrieden, wir haben schon wieder einen neuen für Dich!

LUCREZIA *lebhaft* So schön wie mein Herzog?

DER PAPST Schöner noch, mein Kätzchen.

Während im Spiel Colombina und Pulcinello sich hinter Pantalone laut küssen, und dieser, sich plötzlich umkehrend, eine Ladung weißen Puders im Gesicht empfängt und unbeholfen hin und her taumelt, was von allen Seiten mit lautem Gelächter begrüßt wird, tritt der Ceremonienmeister

BURCARD *auf den Papst zu* Eure Heiligkeit, die Vesper hat in der Kapelle begonnen; die Kirche ist gedrängt voll, und das Volk erwartet am Ostertag Euren Segen.

DER PAPST Wir wollen das Spiel sehen; auch hat Uns der Tod Unseres lieben Schwiegersohns zu plötzlich erschüttert. – Man öffne – *auf die Gallerie weisend* – dort die Fenster und sage dem Volke, daß ich von der loggia dort der Vesper beiwohne. *Der Ceremonienmeister ab.*

Gleich darauf sieht man oben die Fenster zwischen den Rundbögen der Gallerie, wo das Volk steht, rückwärts vom Innern der Kirche aus, sich öffnen, so daß man einen Einblick auf Fries, Gebälk, Statuen und angezündete Ampeln erhält. – Während dem nimmt das Spiel seinen Fortgang. Wie Pulcinello mit der Pritsche dem verwirrt hin und her laufenden Pantalone nacheilt und auf ihn losschlägt, und Colombina, sich versteckend, hinter Pulcinello drein eilt, hört man plötzlich aus den Fenstern über der Gallerie in wehmütig-schmerzlichem Ton ein mehrstimmiges Graduale singen.

CHOR De profundis clamavi ad te Domine; Domine exaudi vocem meam; Fiant aures tuae intendentes in vocem deprecationis meae; Si iniquitates observaveris Domine, quis sustinebit? Speravit anima mea in Domino; A custodia matutina usque ad noctem; quia apud Dominum misericordia et copiosa apud eum redemptio. Et ipse redimet nos ex omnibus iniquitatibus nostris*.

Schon bei den ersten Tönen ist das Volk oben auf der Gallerie scheu von den Fenstern zurückgewichen, und hat sich, sich bekreuzend, halb gegen das Innere der Kirche gewendet. Unten sieht man, mehr gegen den Hintergrund, einige ernste Gesichter und verlegene Mienen. Aber der

* Aus der Tiefe rufe ich, Herr, zu Dir; Herr, höre meine Stimme: laß Deine Ohren merken auf die Stimme meines Flehens; So Du willst, Herr, Sünde zurechnen, Herr, wer wird bestehen? Meine Seele wartet auf den Herrn von einer Morgenwache zur andern; Denn bei dem Herrn ist die Gnade, und viel Erlösung bei ihm; Er wird uns erlösen von allen unseren Sünden.

Papst mit seiner Familie bleibt heiter, und das Spiel nimmt, wenn auch etwas gezwungen, seinen Fortgang.

Kurz nach dem Graduale geht auch das Spiel zu Ende. Der Papst gibt der Musik ein Zeichen, und diese beginnt ein neues Musikstück, zu dem im Hintergrund die Paare tanzen. Pulcinello und seinen Truppe verabschieden sich unter tiefen und grotesken Bücklingen. Man wirft ihnen Goldstücke zu. Der Papst winkt Colombina zu sich hin, der er die Backen streichelt und ihr ein besonderes Geldgeschenk in die Hand drückt, worauf sie sich mit einem Handkuß verabschiedet.

DER PAPST *nachdem die Musik geendet, klatscht in die Hände* Wo sind unsre Schönen?

Auf dies Zeichen öffnet sich im Hintergrund der Gallerie ein Vorhang und zwölf Courtisanen von auserlesener Schönheit betreten, durch leichte, durchsichtige Gewänder verhüllt, den Saal und nehmen rechts im Vordergrund Aufstellung; der Papst mit den Herren und Damen seiner Umgebung gehen auf sie zu, mustern sie, und bewillkommnen sie unter scherzenden Redensarten.

DER PAPST *nachdem er sie alle gemustert, erstaunt* Wo ist die Pignaccia*?

EINES DER MÄDCHEN *nachdem erst alle verlegen geschwiegen* Sie ist zu Karl** nach Neapel.

DER PAPST Wie? Geht ihr auch zu Unsern Feinden über?

Der Papst mit seinem Gefolge zieht sich wieder nach links zurück, wo sie sich, wie früher, auf Tabourets und Kissen gruppieren; Lucrezia auf dem Schoße ihres Vaters, von diesem geschmeichelt; Diener stellen die großen, dreiarmigen, helles Licht verbreitenden Kandelaber, die früher auf

* eine berühmte Hetäre ihrer Zeit, die später hingerichtet wurde.

** Karl VIII. von Frankreich, der erst kurz vorher Neapel eingenommen hatte.

der Tafel stunden, in die Mitte des Saales auf den Boden. Auf ein Zeichen durch Klatschen in die Hände werfen die Mädchen ihre Gewänder ab; päpstliche Diener, hinter den Herrschaften stehend, werfen aus Körben über die Köpfe der Zuschauer hinweg Kastanien in die Mitte des Saales, auf die sich die Mädchen stürzen und sich um sie raufen. Helles Gelächter. Es bildet sich ein Kreis um die auf dem Boden kämpfenden Mädchen. Auch von der Gallerie, wo sich inzwischen das Volk wieder zusammengedrängt hat, erschallt lautes Gelächter. Sobald eine Ration Kastanien aufgelesen ist, welche die Courtisanen nach rechts neben ihre Gewänder sorgfältig auf einen Haufen legen, werden neue Kastanien aufgeworfen und der gleiche Kampf beginnt von neuem. – Eines der Mädchen, dessen Haare alle aufgelöst sind, kommt einem der Kandelaber zu nahe und fängt Feuer. Der Papst springt auf – während Lucrezia zu Boden gleitet – und erstickt das Feuer mit seinen Gewändern.

DER PAPST *als sich zeigt, daß die Kleine keinen Schaden gelitten, züchtigt sie mit der Hand* Diesmal, du Schlingel, konntest du die Reise ins Jenseits antreten! *Lachen.*

DIE COURTISANE Du hättest mich im Fegfeuer nicht länger brennen lassen als hier, santo papa! *Erneutes Gelächter, in das der Papst miteinstimmt.*

Als die Kastanien alle verteilt, wird gezählt, und je nach der Zahl der gesammelten Früchte an die Mädchen Preise verteilt. Ein neues Musikstück beginnt, und die Diener reichen Erfrischungen. Laute Unterhaltung im ganzen Saal, vornehmlich über die Qualitäten der Mädchen.

Als das Musikstück schweigt

DER PAPST *klatscht aufs neue in die Hände* Jetzt laßt unsere Athleten herein.

Auf der anderen Seite der Gallerie treten hinter einem Vorhang zwei nackte kräftige Männer ein, die, zu den

Mädchen geführt, sich an deren Anblick berauschen, um dann, auf ein weiteres Zeichen, den Zweikampf zu beginnen. Alles drängt sich um das Schauspiel unter Aufmunterungen und Beifalls-Zeichen. Auch die Mädchen verfolgen mit allem Interesse den Kampf. Als der Sieger seinen Gegner unter lautem Beifall geworfen, tritt er auf die Courtisanen zu, wählt sich unter Scherzchen aller Anwesenden die Schönste und verläßt mit ihr den Saal. Der Unterlegene geht allein fort. Darauf betritt ein zweites Paar den Saal. – Die Aufregung unter den Zuschauenden steigert sich von Minute zu Minute. Beifallsworte und aufstachelnde Bemerkungen werden mit immer größerer Teilnahme und Leidenschaft dazwischen geworfen. – Als der Fünfte seinen Gegner unter lautem Geschrei und Beifallsklatschen geworfen und er eben seine Wahl trifft, ertönt in tiefernsten, tragischen Tönen vom Innern der Kirche her, durch die Rundbogen-Gallerie im ersten Stock, der Schlußgesang der Vesper:*

Veni sancte Spiritus**.

Veni sancte Spiritus
Et emitte coelitus
Lucis tuae radium.
Veni pater pauperum
Veni dator munerum

* Battaglie d'amore, Liebeskämpfe, hiessen diese Schauspiele am Hofe Alexanders VI.

** Komm, heiliger Geist, und entsende himmelher den Strahl Deines Lichts. Komm, Vater der Armen, Geber der Güter, Erleuchter unserer Herzen. Ohne Deine Klarheit sind wir Menschen leer, nichtig und schuldbeladen. Wasche uns rein von Sünden; Erfrische die, die da vertrocknet sind; Und heile die Verwundeten. O göttliches Licht, erfülle die Herzen Deiner Frommen!

Veni lumen cordium
Sine tuo nomine
Nihil est in homine,
Nihil est innoxium.
Lava quod est sordidum,
Riga quod est aridum,
Sana quod est saucium.
O lux beatissima
Reple cordis intima
Tuorum fidelium.

Eine peinliche Stille ist nach den ersten Akkorden eingetreten. Das Volk auf der Gallerie ist wieder entsetzt zurückgewichen, um den Platz vor den Fenstern freizumachen. Ein Teil der Anwesenden verläßt den Saal. – Indessen ist schon der sechste Kämpfer mit seinem Partner eingetreten. Der Papst gibt durch einen Wink den Befehl zur Fortsetzung des Spiels, an dem seine Familie und Vertrauten mit ärgerlichen Mienen über die eingetretene Störung teilnehmen, und das bis zum siebenten Kämpfer unter der Begleitung des Kirchengesangs seinen Fortgang nimmt. – Nach Schluß des letzteren wird die Stimmung wieder etwas wärmer und das Interesse reger. Der Kreis um die Kämpfenden schließt sich wieder. In der Kirche sieht man Ampeln verlöschen und die Fenster von innen sich zumachen. – Das Spiel geht weiter.
Beim neunten Kämpfer stürzt ein Bote in den Saal und flüstert in erregter Weise mit den im Hintergrund Stehenden. Die Bewegung setzt sich nach vorne fort. Man hört Rufe: Was ist los? – Was gibt's? –

RODRIGO BORGIA (Kapitän der päpstlichen Garde) Der französische König, Eure Heiligkeit, ist, von Neapel zurückkehrend, im Anmarsch auf Rom und nur noch wenige Miljen entfernt.

DER PAPST *aufstürzend, erregt* Zum Teufel! – Auf nach Orvieto! – Die Spanier und Catalanen sollen uns begleiten! – Nehmt unsere Kassen und Kostbarkeiten mit! – Die Damen sollen sich rüsten; auf Gepäck und Maultiere verzichten; wir reisen alle zu Pferd! Pallavicini bleibt als Gouverneur der Stadt mit einem Teil der Truppen zurück. Er empfange den König mit allen Ehren, aber drohe ihm in unserem Namen und dem des dreieinigen Gottes, als einem ungehorsamen Sohn der Kirche, den Bannfluch an, wenn er länger als vierundzwanzig Stunden auf Unserem Gebiet verweilt. – Cesare übernimmt die Bedeckung Unseres Zuges. – Vergeßt die goldenen Meßgeräte nicht! Fort! *Alles in großer Erregung ab.*

DIE MÄDCHEN *ihre Gewänder anlegend, jauchzend* Carlo kommt! – Carlo kommt! –

Der Vorhang fällt.

Dritter Aufzug

Erste Scene

Im Himmel; ein vertrauliches Kabinett in Blau. Interimsthron einfach und bequem. G o t t V a t e r, M a r i a, C h r i s t u s, der T e u f e l; erstere drei auf ihren Stühlen; letzterer in schwarzem, enganliegenden Kostüm, sehr schlank, mit pointiertem Gesicht, ganz rasiert, mit verwitterten, abgelebten, gelb-verärgerten Zügen, in seinen Bewegungen an einen feineren Juden erinnernd, auf einen Fuß sich stützend, den anderen aufziehend, vor ihnen aufrecht.

GOTT VATER *ernst und kurz* Freund, wir haben Dich rufen lassen. – Es handelt sich um einen speciellen Auftrag, der ... *stockt* ... besondere Geschicklichkeit erheischt; – – ich weiß, du denkst viel – *Teufel verbeugt sich* – könntest du nicht ... *stockt* ... es handelt sich, ä ... ein Wesen, ä ... ein Ding, welches ... ä, ein Einfluß, – der im stande wäre, – die – Uns in ihrem Begehren anekelnde, gänzlich verwahrloste Menschheit – *Teufel macht eine verständnisinnige, vornehm-bedauernde Bewegung* ... ä, wieder auf den Pfad der Tugend ... ä, und der wahren Sittlichkeit ... in empfindlich-strafender Weise zurückzuführen, ... ä, so daß ... ä ... *zu Christus gewendet* – mein lieber Sohn, sag' Du's ihm; – ich kann mit Worten nicht recht umgehn; – Ich habe immer nur gehandelt, – nie viel Worte gemacht. –

CHRISTUS *sich mühsam aufrichtend, nach einigem Besinnen, fließend* Mein Herr! – – Wir gedächten Ihre Hülfe in Anspruch zu nehmen – in einer Sache, – – die Ihnen ebenso großen Vorteil einbringen soll, wie uns selbst, – – ich meine, – die Ihnen die Menschheit – hinsichtlich ihrer irdischen Sphäre keineswegs entfremden soll, – ich sage dies ausdrücklich, um jeden Verdacht bei Ihnen nach dieser Richtung hin gleich von vornherein zu zerstreuen – *Teufel macht eine verbindlich-abwehrende Handbewegung, als sei ihm ähnliches nie in den Sinn gekommen* – im Gegenteil, die – Ihnen diese Sphäre in noch ausgiebigerer Weise als bisher – unterwerfen soll: – es handelt sich um ein Kompromiß, – um ein Uebereinkommen hinsichtlich der Verschiebung der Grenzen – unserer beiderseitigen, bisherigen Gewalten, – es keinem der beiden kontrahierenden Teile zu nahe treten soll, – und wobei Wir auf Ihre bewährte Geschicklichkeit, Ihren Scharfsinn, Ihren Takt, Ihr – versöhnliches Entgegenkommen, Ihre – Bildung, – Ihre – Ihre – – *Fängt zu hüsteln an, wird kurzatmig, stöhnt und keucht, fällt röchelnd zurück, die Augen treten hervor, die Stirne wird schweißig, er bekommt einen asthmatischen Anfall.*

MARIA *herbeispringend, während der Teufel sehr vornehm eine reservierte Verlegenheit heuchelt* Schone Dich, mein Sohn, – Du solltest nie reden, – Du wirst schlechter, – Du bist l e i d e n d, – *zum Teufel gewendet, verbindlich* – mein lieber Freund, wir bedürfen Deiner Hülfe, – es ist ja nicht nötig, daß man erfährt, daß Du es bist, der die Sache insceniert – *der Teufel macht eine abwehrend-beruhigende Bewegung* – bitte, steh' uns bei, es soll Dein Schade nicht sein – *zwinkert ihn an* – Du verstehst – *winkt gegen Gott-Vater ab, in dem Sinne, daß dieser taub, alt und gebrechlich, und ihr nichts in den Weg lege; der Teufel verbeugt sich* – es handelt sich in Kürze um folgendes: Durch eine unglückliche Einflüsterung – *zeigt auf den Alten hin* – bewogen, wohnten wir einer Szene im päpstlichen Palast zu Rom bei, in den Gemächern des Papstes ... wie heißt er gleich? ...

TEUFEL *verbindlich einfallend* Ah, A l e x a n d e r, der Sechste seines Namens, Rodrigo Borgia –

MARIA Ganz recht, dieser Borgia, – ah, es war skandalös, es war gräßlich, – das war ein Passahmahl!...

GOTT VATER *plötzlich hervorkollernd, in breitester Unflätigkeit* – Pfui Daifel! – Pfui Daifel! – Pfui Daifel! –

CHRISTUS *erwacht aus seiner Schwäche, fällt ein, fast tonlos* Ja, – pfui Daiwel! – pfui Daiwel!...

TEUFEL *in großer Verwirrung, ärgerlich, unangenehm berührt* ...Ich bitte... unter diesen Umständen... darf ich wohl verzichten,... fernerhin hier... *Will sich, nach rückwärts schreitend, zurückziehen.*

GOTT VATER *redressierend zum Teufel gewendet* Mein Gott! – Nein! – Sie waren nicht gemeint...

TEUFEL *pikiert* Ah, doch...

GOTT VATER Nein, nein! – Also nochmals nein! Es war nicht so; ...es fuhr Uns heraus... die alte Gewohnheit... Ich vergaß...

TEUFEL *kommt zurück, vornehm-versöhnlich, bitter lächelnd, schnellt mit der einen Hand ein Stäubchen vom andern Aermel.* Bitte... bitte...

MARIA Nein, nein, mein Freund, Du bist der Unsere; von Verstimmung kann keine Rede sein; Wir bedürfen Deiner Hülfe zu notwendig; und – *sehr laut zum Alten hinüber, anzüglich* – eine Beleidigung Unseres viellieben Vetters, Unseres Alliierten, Unseres freundlich geliebten Bruders, werden Wir in keiner Weise zulassen – *Teufel verbeugt sich sehr verbindlich* – mit einem Wort also, die Sache ist die: Von einer an höchster Stelle – *hinüberdeutend* – in Aussicht genommenen gänzlichen Vernichtung des Menschengeschlechts aus höheren Gründen absehend, haben Wir beschlossen, eine empfindliche, sündflutartige Rache zu nehmen, und brauchen daher jemand, ein Ding, einen Einfluß, eine Gewalt, eine Person, ein Gift, ein Etwas, welches die Unflätigkeit der Menschen, besonders der Neapolitaner und Römer, in geschlechtlicher Beziehung –

ah, fi donc! – *gießt etwas Eau de Cologne auf ein Spitzentuch und hält es sich vor; scheint leise zu schnupfen – schielt über dem Taschentuch zum Teufel hinüber* – ah! es wird mir besser *fortfahrend* – welches die Bestialität der Männer und Weiber in jenen lediglich der Fortpflanzung dienenden, und nur in dieser Begrenzung ihnen gewährleisteten Beziehungen und nötig erscheinenden Berührungen und Vermischungen – ah, c'est terrible! *schnupft wieder Eau de Cologne* – enfin – e i n d ä m m e n soll! – Du verstehst!

TEUFEL *in sonorem Baß – etwas theatralisch* Ich verstehe. –

GOTT VATER *kollernd* Ja, ja, – eindämmen soll! –

CHRISTUS *mit schwindsüchtiger Stimme* Ja, ja, – e i n d ä m m e n soll!

TEUFEL *nach einigem Besinnen* Soll es sehr empfindlich sein? –

MARIA *ihr Spitzentuch dem Teufel entgegenstreckend, heftig nickend – sozusagen für die andern mitnickend* In der That, es soll sehr empfindlich sein.

GOTT VATER *guckt glasig herüber; scheint nicht ganz verstanden zu haben; ächzt schließlich zustimmend, mit fettem Räusperton* Ja, ja! –

CHRISTUS *noch immer im Anfall liegend, sich langsam erholend, hauchend* Ja, ja! –

TEUFEL *steht die ganze Zeit mit gesenktem Kopf, sich besinnend, zwei Finger an die Lippen gelegt* Soll die Sache direkt auf dem Fuß folgen?

MARIA Freilich, freilich soll sie das!

GOTT VATER *wie oben* Freilich! – Freilich! –

CHRISTUS *will seine zwei »freilich« sagen, kommt aber zu spät, und kollidiert mit der folgenden Rede der Maria, die nichtsdestoweniger fortfährt, mit ihrem Taschentuch ihren Sohn beschwichtigend und abwehrend, der lechzenden Blicks jeder ihrer Bewegungen folgt.*

MARIA *zum Teufel* Du bist auf dem richtigen Weg, mein Freund, Du bist Unseres Wohlgefallens sicher!

TEUFEL *mit einem kurzen trockenen Blick auf Maria, dann wieder in seine Meditation von vorhin versinkend; nach langer Pause, während der man nur das Röcheln von Christus hört, eigentümlich betonend und skandierend* – Dann – müßte man den Stachel, – das Gift, – ä – das Etwas – *den Finger wie zum Hindeuten erhebend* – in die Sache selbst, in die – hm! – *sich anzüglich räuspernd* – in die Beziehung selbst legen! –

MARIA *sehr weltmännisch* C'est charmant! – C'est charmant! –

GOTT VATER *versteht nicht recht, schaut mit großen kuglichfließenden Augen herüber, und wiederholt mehr im Tonfall, als im Verständnis Marias Worte* Ja, – ja, ja. –

CHRISTUS *will es auch wiederholen, bringt es aber nicht heraus, ist selbst darüber erschrocken, schaut sich ängstlich, erst zu Gott Vater, dann zu Maria hin um, und produziert endlich ein rhythmisches, unartikuliertes A, – a, – a!* –

TEUFEL *nachdem er diese Leistung bei Christus mit einem kühlen, seine Ueberlegung nicht weiter störenden Blick verfolgt, fortfahrend, sehr betonend* Man müßte die Sekretion beim Geschlechtsakt vergiften! –

MARIA Ah, wie das? – Das wird interessant! *Rückt auf ihrem Stuhl zurecht.*

GOTT VATER UND CHRISTUS *die diesmal doch etwas verstanden zu haben scheinen, halten ihre Köpfe glotzend auf den Teufel gerichtet.*

TEUFEL *den eben geborenen Gedanken wiederholend, wie um ihn sich selbst nochmals in den Weg zu legen* Man müßte die Sekretion beim Geschlechtsakt vergiften!

MARIA Du meinst den Samen? *Hält sich das Taschentuch*

einen Augenblick vor den Mund, als schlucke sie etwas Unangenehmes hinunter.

TEUFEL *einfallend* Nein, nein! – Nicht den Samen; nicht das Ei; – sonst würde die Nachkommenschaft darunter leiden, und, verschlechtert und gewitzigt, nicht mehr zu haben sein! – Die soll aber auch dran kommen! – Nein, Samen und Ei sollen unberührt bleiben, damit die Erzeugung der Menschen ruhig weitergeht. – Aber der Thäter, der sorglos mit seinem Instinkt drauflos Fahrende, soll durch ein kleines Neben-Produkt vergiftet werden, durch ein Etwas, welches gleichzeitig mit Samen und Ei produziert wird, und welches, wie bei den Schlangen, nicht mehr auf den Besitzer, aber auf seinen Gegenpart, auf sein Vis-à-vis in der sexuellen Française – pardon! – wenn ich mich so ausdrücken darf – *Maria hebt zum Zeichen des bewundernden Verständnisses die Augenbrauen hinauf* – ansteckend wirkt – so daß der Mann das Weib, oder das Weib den Mann, im günstigen Falle sie sich beide infizieren können, – nichts ahnend, – ganz im Taumel verloren, – ja in der Täuschung des höchsten Glücks – *macht eine Handbewegung zu Maria, ob er verstanden sei, die diese mit dem Spitzentuch freudig und verständnisinnig aufnimmt* – so daß sie lallend wie Kinder in die scheußliche Brühe hineintappen!!!

MARIA C'est glorieux! – C'est charmant! – C'est diabolique! – Mais comment?...

GOTT VATER UND CHRISTUS *glotzen ruhig weiter.*

TEUFEL Ah, Madame, das lassen Sie meine Sorge sein! –

MARIA Gut! Aber unter einer Bedingung. Was du auch mit den Menschen anfängst, sie müssen erlösungs-bedürftig bleiben! –

TEUFEL *mit Beherrschung* Erlösungs-bedürftig bleiben sie.

MARIA Sie müssen auch erlösungs-fähig bleiben! –

TEUFEL *mit den Armen, wie ein Verkäufer, bis zur Schulter-*

höhe aufwippend Erlösungs-fähig, – nachdem ich sie vergiftet, – auf besonderen Wunsch vergiftet, – das dürfte kaum sein. –

MARIA *von ihrem Thron springend, in die Nähe von Gott Vater und Christus eilend* Ja, dann ist die ganze Sache umsonst! – Wenn wir die Menschen nicht mehr erlösen können, was soll denn dann die ganze Einrichtung?! –

GOTT VATER UND CHRISTUS *heben verzweifelnd die Hände empor; Christus, der sich etwas erholt, folgt von jetzt an wieder mit regerer Teilnahme.*

TEUFEL *dreht sich mit sardonischem Lächeln auf dem rechten Fußabsatz herum und hebt mit künstlichem Bedauern, wie ein Handelsjude, die Achseln hoch.*

Peinlicher Moment. Das Geschäft scheint nicht zu stande kommen zu wollen. – Pause.

MARIA *um alle zu divertieren, geht langsam auf ihren Platz zurück und frägt plötzlich, mit freundlicher Stimme den Teufel* Apropos! Wie geht's denn mit Deinem Fuß?

TEUFEL *auf die Diversion eingehend* Oh, – so, so! – Nicht besser, – aber auch nicht gerade schlechter! – Mein Gott – *auf sein kurzes Bein schlagend* – das wird nicht mehr anders! – Misemaschin'! –

MARIA *etwas leiser* Das ist von Deinem Fall?

TEUFEL *verständnisvoll, lange stumm und ernst nickend.*

MARIA *sehr freundlich* Nun, und sonst – was macht die Großmutter?

TEUFEL *ebenso* Die Lilith! – Oh, danke, – recht gut!

MARIA Und die Kleinen?

TEUFEL Danke! Danke! – Alles wohlauf! –

Neue Pause. Maria, unentschlossen, geht endlich auf Gott Vater zu, mit dem sie einige Zeit leise spricht. Darauf

GOTT VATER *ostentativ orientiert* Voyons! Voyons! Mein Freund, Du mußt doch etwas machen können, was die Menschheit vergiftet, ohne sie ganz zu Grunde zu richten!

– Wir wollen sie dann wieder erlösen! – Nicht wahr, mein Sohn?

CHRISTUS Wir wollen sie dann wieder erlösen!

MARIA Wir müssen sie wieder erlösen!

TEUFEL Der Auftrag ist dann zu kompliziert! – Es soll unflätig und liebenswürdig und giftig zu gleicher Zeit sein! – Wenn ich sie in ihren geheimen, amorosen Beziehungen sogleich und heftig treffen soll, und sie in diesem Moment vergiften soll, dann muß die Seele auch mit! – Denn die Seele steckt da mit drin! –

GOTT VATER *erstaunt* Die Seele steckt da mit drin? –

CHRISTUS *ebenso, aber mehr mechanisch repetierend* Die Seele steckt da mit drin? –

MARIA *affirmativ, und halb für sich selbst, wie sich erinnernd* Die Seele steckt da mit drin! –

TEUFEL *nach einer Weile zu Gott, etwas spöttisch* Mein Gott, Du bist ja der Schöpfer! Weißt Du nichts?

GOTT VATER *unwillig* Wir – ä – erschaffen jetzt nicht mehr. – Wir sind müde! – Auch gehört dies Gebiet des Irdischen und der Sinnlichkeit in Deine Sphäre. – Also besinne Dich, wie Du es anrichtest; beflecke die Seele, aber sie muß wieder herstellbar sein!

CHRISTUS *noch immer schwach, will das Letzte wiederholen, kommt aber nur bis* Beflecke – die – Seele...

TEUFEL *zu Gott Vater* Es soll sie zur Liebe anreizen, sagst Du, und sie gleichzeitig vergiften?

GOTT VATER Natürlich, sonst beissen sie ja nicht an!

CHRISTUS *aufatmend* In der Wollust sind sie blind, hab' ich gehört.

MARIA Mit Speck fängt man Mäuse!

GOTT VATER Suche in Deinem Hexenkessel! Es ist ja allerlei Zeug darin; in Deiner Hölle hast Du so manches aufgespeichert; bist doch ein Meister in solchen Kompositionen! Kreïre, braue, zeuge, mische 'was zusammen!

MARIA Es muß allerdings sehr verlockend sein. – Womöglich 'was Frauenzimmerartiges.

CHRISTUS Ja, sehr verlockend sein.

TEUFEL *mit einem Gedanken beschäftigt* Lüstern und zerstörend soll es zugleich sein, sagt Ihr? – Und doch die Seele nicht definitiv zerstörend?

ALLE DREI *zugleich und untereinander* Lüstern – zerstörend – verlockend – giftig – wollüstig – grausam – Hirn und Adern verbrennend –

GOTT VATER Aber nicht die Seele! – Wegen der Zerknirschung! – Wegen der Verzweiflung! –

TEUFEL *seinen Gedankengang plötzlich beendend* Halt, da hab' ich 'was! – Will mal mit der Herodias reden! – *halblaut für sich* lüstern und zerstörend zugleich! – *laut* Ich bring' etwas! –

MARIA Gott sei Dank!

TEUFEL *sich zum Gehen wendend* Ich glaub', ich hab's!

GOTT VATER Bravo! Bravo!

MARIA Bravo! Bravo!

CHRISTUS Bravo! Bravo!

ALLE DREI *sich freudig erhebend, soweit es geht; leise in die Hände schlagend* Bravo, Teufel, bravo! Bravissimo!

TEUFEL *sich empfehlend und im Abgehen ein Schnippchen schlagend* Ich komm' bald wieder! – *Ab. – Draußen, wie er die Thüre öffnet, erblickt er einige jüngere Engel, die gelauscht haben. Er packt den nächsten beim Flügel und zaust ihn tüchtig. Dieser läuft mit den andern unter schrecklichem Geschrei davon. – Der Teufel, sieht man, öffnet draußen eine Fallthür, durch die er hinabsteigt, und die er hinter sich schließt. Die drei Gottheiten verschwinden bei der folgenden Verwandlung in die rechten Seiten-Coulissen.*

Zweite Scene (Verwandlung)

Das Himmels-Kabinett steigt langsam nach oben; die Scene wird dunkler, und macht einem tonnenartigen, nach unten sich verlängernden, düsteren, mit grauen Quadern ausgemauerten Tunnel Platz, der sich wie das Innere eines Turmes oder Ziehbrunnens scheinbar bis ins Unendliche nach abwärts erstreckt, und an dessen [im Original: »deren«] hinterem Ende eine morsche, verbarrikadierte, vielfach ausgebesserte Holzsteige sich befindet. Auf dieser sieht man bald darauf den T e u f e l *nicht ohne Mühe, ächzend, sich am Geländer fest haltend, hinabsteigen, während die gleichzeitig nach oben rückende Scene ihn im Auge behalten läßt. Phantastische Vögel und Ungeheuer, die teils auf Stangen sitzen, teils in Hohlräumen des Mauerwerks lagern, pfauchen und krächzen ihm mit heiserem Ruf ihren Gruß entgegen. – Nach einiger Zeit mündet dieser brunnenartige Gang in einen größeren, finsteren, kellerartigen Raum, der durch ein thranartiges Oellicht nur teilweise erhellt ist und in dem zunächst nichts weiter zu erkennen ist, als ein aus Binsen und Flechtwerk roh zugerichtetes Lager rechts im Vordergrund. Die Oellampe ist auf der andern Seite und mehr im Hintergrund. Der Teufel, der müd und humpelnd angekommen, geht einige Schritte seufzend hin und her, geht dann nach hinten; man hört eine schwere Truhe aufschlagen; er entledigt sich seines engen, schwarzen Gewandes, das er säuberlich in einen der Kasten legt, um in einem aus Tierfellen zusammengeflickten, warmhaltenden Flaus bald darauf nach vorn zu kommen. Er ächzt wiederum erst einige Schritte hin und her, wie nicht wissend, wohin er sich wenden solle, und setzt sich endlich quer auf sein Binsenlager, zieht die Füße an und vergräbt die Hände tief in das Wollhaar des Kopfes, Stirn und oberen Teil des Gesichtes auf diese Weise verdeckend.*

TEUFEL *mit sich redend* Da hockst du nun, Hund; wieder allein; heimgekehrt zu dir; zurückgekehrt von der Audienz; ahnenloser Geselle ohne Respekt und Reputation; und hast wieder einmal gesehen, die goldausgelegten Gemächer der Hohen und Vornehmen. Und du bist immer und bleibst der Lump, der Spitzbub, der krumme Kerl. Und Die da droben, die dürfen thun, was sie wollen, es mag noch so platt, niedrig oder gemein sein, es ist immer edel und vornehm, weil es in den Gemächern des Nobeltums passiert. Und du magst thun, was du willst – und wenn du mit dem Kopf dich bis zum andern Ende der Erde wühltest, – es ist immer niedrig und gemein und schuftig. – *Pause; überlegt* Wenn du ein Graf wärest, dann wäre auch dein krummes Bein gräflich. Und wenn du nur ein Thürsteher da droben wärst, dann wäre auch dein Kopf und deine Gedanken himmlisch und engelhaft, wie dein Kleid, das du dann trügest. Aber so bist und bleibst du ein Hund! – Nur wenn du für sie 'was thun sollst, was sie selbst nicht können, oder was für sie zu schmutzig ist, dann lächeln sie dir und sagen: »Mein Freund! Mein Freund!« Aber wenn die Audienz vorbei, mußt du wieder herunter in Staub und Kot, und dann heißt's »Pfui Deifel! Pfui Deifel!« – Und so bist du ein erdgeborner, gebückter und verzerrter Kerl dein Leben lang, und humpelst herum mit deinem Fuß, und frißt Aerger und Grimm in dich hinein! – –
Und doch! Und doch bist du mehr! Bist mehr als diese Firlefanz-Leute in ihrem Glück und Wolkenbau! Steckst mitten in der Welt; und in deinem Kopf stecken die Gedanken der Erde! Und wenn du hier allein bist, allein mit deinem Erdgeruch, und dein Kopf sich illuminiert, dann entsteht in diesem vergrämten Kopf, mitten in der Verzweiflung, ein Funken, ein Gift, eine Kraft, die wie ein Blitz, zündend und wetternd, durch die Welt fährt, und die Hülsenköpfe in ihrem Wolkenkuckucksheim erbeben

macht. – Und brauchst keine Tiaren zu tragen, keine Ambrosia noch Sekt zu trinken, und scheppernd und glänzend dich zu zeigen, um glücklich zu sein. Bist so glücklich; glücklich, wie die andern nicht glücklich sein können! Glücklich in diesem Erdenloch, in diesem kostbaren Tunnel, diesem Hauch von Irdischkeit und Würze, diesem Welt-Geruch, der dich kräftigt und stählt, und Gedanken erzeugt und zur Arbeit zwingt. – Und brauchst keine Ahnen und Vergangenheits-Register; bist blank und sauber; darfst von Neuem beginnen; brauchst nicht nichts zu thun; die Arbeit sind deine Ahnen! Deine Ahnen projizierst du in die Zukunft! – Arbeit! Arbeit! – *springt auf* Also denn auf zur Arbeit!

Er geht längere Zeit auf und ab, bleibt wiederholt stehen und sinnt nach.

Also verführerisch soll es sein, das Ding, – na natürlich, »sonst beißen sie nicht an«; – »etwas Frauenzimmerartiges«, sagte Maria; – sehr gut! – Die Frauenzimmer kennen ihr Geschlecht immer am besten. – Aber giftig soll es auch sein; darin liegt ja die Strafe; und sie sollen das Gift nicht merken, es hinunter schlucken wie Sirup; – sehr gut! – das läßt sich machen. – Aber es soll dabei Seele und Leib vergiftet werden; aber nicht definitiv; nur bis zur Verzweiflung, bis zum Wahnsinn; sie wollen also sehen, wie sich die Menschheit krümmt und bricht; wie sie ihre Seelen ausleeren wie einen Magen; – ich verstehe; – die Seele soll aber wieder reparierbar sein, – »erlösungsfähig«, wie sie sagen; – na, die Freude kann ich ihnen ja fürs Erste lassen; ihnen und ihnen; – vom Leib haben sie nichts gesagt; sehr gut! – Als ob sich das trennen ließe! – Wenn ich den Leib toll und voll verseucht habe, und der ganze Kerl zum Teufel fährt – ah, pardon – kaput geht, dann möchten sie die Seele, nachdem sie schon auf dem Weg zu mir ist, noch erlösen! – Die Barmherzigkeit! – Na, das wird sich ja finden. – *Geht wieder schweigend und nachdenklich auf und ab.* Was soll das nun aber für ein Gift sein? Welches ruiniert, und doch wieder nicht ruiniert? – Mit organischen und chemischen Giften komm' ich da nicht aus! – Auch kann ich da nicht quantitativ vorgehen. Die schluckten ja und schluckten das Zeug hinunter – besonders, da es so süß ist – und pardauz lägen sie da! Ich kann da nicht dosieren. Ich kann doch kein ellenlanges Rezept an die Bettlade kleben: pro dosi soundsoviel! – Das muß also ein feines, neues und ganz besonderes Gift sein! – Welches weder den Geber noch den Nehmer sogleich vergiftet! – Das muß dann ein feines, schleichendes, langsam wirkendes Ding sein, welches sich ruhig weiter vererbt, und in einigen lebenden Exemplaren immer frisch zu haben ist! – Dann – soll das Gift sich an das höchste Entzücken des Menschen anschließen, an den Liebestaumel, an das naivste und köstlichste Glück, welches sie besitzen: damit es sicher zu allen dringt! – Ja, das heißt, das war eigentlich mein Gedanke! – keine Verschiebung des geistigen Eigentums! – Na, ja! – Wie nun weiter? – Woher nimmst du das Gift? – *überlegt, bleibt stehen* Na, aus dir – *kühl* Gibt es denn etwas Giftigeres, die Adern Durchdringenderes, als du selbst? – Sehr gut! – Was weiter? – Wie wirst du's nun anstellen? – *überlegend, sehr langsam, mit vorgestrecktem Zeigefinger sich vordiktierend* – Du mußt das Gift, welches an sich vielleicht zu stark ist und tödlich wäre, erst organisch abschwächen, und dann in einer lebenden Person verwirklichen! *patscht in die Hände* Hopla, das ist's! – Noch einmal: du mußt das Ding erst organisch so mild machen, daß es ihre Mägen und Lebern zunächst gut vertragen, und es gleichzeitig in einem Lebewesen, das ihnen gleich sei, personifizieren! – Sakerlot! – Und zweitens: dieses Lebewesen muß ein Weib sein! und das Gift muß durch die bekannten Schläuche geleitet werden! – Und drittens: dieses Weib muß schön sein; und ich ihr Vater! – Sapristi! – *reibt sich die Hände* Kommen wir auch einmal zum Zeugen! – *Geht lange erregt auf und ab ...* Nun, und wenn ich dies Kunstwerk fertig bringe, was krieg' ich dann dafür? – Freund, nimm dich in acht! Diese Gelegenheit kommt nicht wieder! Jetzt hole die lang aufgespeicherten Speisezettel deiner Wünsche hervor! – *besinnt sich* – Diese Stiege da – *schaut nach oben* muß Er mir reparieren. Das Gerümpel. Wenn ich da 'mal ausgleite, und breche mir den Fuß, dann bin ich ein ganzer Krüppel. – Dann, diese Fallthüre da oben, die ist meiner unwürdig. Da stoß ich mich schon lange daran. Da soll ein schöner freier Zugang werden, mit einem Geländer daran und ein paar Teppichen. – Dann, diese Audienzmeierei habe ich ebenfalls schon lange satt. – Wird der Zugang oben frei, muß ich auch freien Zugang haben! Ich muß stets unangemeldet kommen können. – Er kam ja auch stets unangemeldet zu mir herunter. – Dann *sehr bestimmt* muß Er mir meine Bücher frei drucken lassen, und ihre breiteste Cirkulation im Himmel und auf Erden erlauben. Das muß ich unbedingt haben. Ohne das gehe ich gar nicht an die Arbeit. *Ausbrechend* Wenn jemand denkt und darf seine Gedanken nicht mehr Andern mitteilen, das ist die gräßlichste aller Foltern. – Daß andere das nachdenken, was du vorgedacht hast, dieses reinste Entzücken, dieser Tropfen Lust, der Fässer voll Bitterkeit genießbar macht, ist das so schwer zu begreifen?! – Also das ist Numero Eins! – Dann – muß hier die Ventilation besser werden. – *Glotzt lange an der Decke herum ...* Eigentlich könnt' ich mir das Ding hier mit Goldleisten ausschlagen lassen. – Ach, – es wird doch nicht heller ... Wie wär's, wenn Er mich zum Graf machte? – Graf Miraviglioso! Oder gleich ganz italienisch: Conte di Miraviglioso; Signor Conte di Miraviglioso. – Pfui, schäm' dich! Hast du nicht gesagt, du willst ein ehrlicher Kerl bleiben? – Nun ja; ich wollte ja nur auf ganz kurze Zeit das tolle Empfinden haben, ganz ohne Grund Etwas zu sein. Nur auf acht Tage. – Ich kann ja den Titel dann meinem Ausgeher schenken. – ... Ein paar Orden könnt' ich mir bei dieser Gelegenheit geben lassen! – Dazu ist es wieder nicht hell genug da herunten. An der Beleuchtung fehlt es hier überhaupt. – Was noch? – Etwas bessere Garderobe! Dieses spanische Kostüm trag' ich nun schon seit Philipp II. Es ist unerhört. – *Heftig* Und nur meine ganz außerordentliche Peinlichkeit erlaubt mir noch, überhaupt oben zu erscheinen. – Dann, um Gottes willen, etwas Mobiliar. Ein paar Pfund Roßhaar werde ich doch noch wert sein. Und ein paar warme Decken. – Weiter! – Etliche Borten an meine Kleider; wenigstens Leutnants-Rang! – Dann: Einreihen, wenigstens in die letzte Hofrangklasse; mein Gott, ich helfe doch den Leuten in ganz außerordentlicher Weise. – Ferner: ein kleines »von« –, und die Möglichkeit einer standesgemäßen Verbindung mit einer der Engel-Klassen; Gott, so ein zartes Geschöpfchen, neben mir, 's wär' ja zum Entzücken; sie mag so dünn und jung sein, wie sie will; ich richt' sie mir schon her! – Was noch? – Ein goldenes Portépée, 'n Kammerherrntitel, ein kleines Krönlein, 'n Herzogskragen oder ... – *hält plötzlich inne, greift sich mit beiden Händen an die Stirn und schreit in tierischer Weise hinaus.* Aeh! – Aeh! – Bleibt fort! – *Er hält die Hände weit von sich, wie um etwas wegzustoßen, das auf ihn eindringt, und weicht zurück.* Aeh! – Es kommt! – Es hat mich! – Du Hund, hab' ich dir nicht gesagt, wenn du über die Schnur haust, packt es dich! – Pfui Teufel! – *spuckt aus, wie um etwas aus seinem Innern zu entfernen* Pfui Deifel! – Es kommt! – Der Ekel, – er hat mich! – Pfui! – Pfui! – Oh, es ist zu spät! – Ekel! Ekel! Verdammte Sauce! – *Er krümmt sich.* Weißt du nicht mehr? – Weißt du nicht, daß Du nur in der Entbehrung, im Finstern, nur unter der Marter gedeihst? – Und dann will der Kerl stolz sein! – Ah, – ah – *Er macht Würgbewegungen, schleppt sich bis zu seinem Lager, wirft sich dort auf den Bauch, wälzt sich in Krämpfen, reißt aus der Matratze Stroh heraus, macht einen Knebel und steckt ihn sich mit ingrimmigem Behagen ins Maul; – wird dann allmählich etwas ruhiger, liegt bewegungslos da, und scheint zu schlafen. – Lange Pause –*

Während dem hat sich im Hintergrund an der Rückwand des Gewölbes die Scene wie aufgeklärt; die Schicht wird heller und heller; zuletzt durchsichtig; es ergibt sich eine, wie es scheint, unermeßliche Perspektive; allmählich schwindet auch der letzte trübe Schleier, und man erblickt ein ungeheures Totenfeld, auf dem eine schier unfaßbare Zahl, wie es scheint, lauter Weiber, in Leibesgestalt, mit fahlen Gewändern, die einen hockend, die anderen hingestreckt, teils die Arme aufgestützt, teils das Gesicht in den Armfalten vergraben, wie schlafend dortliegen; das Ganze übergossen von einem kalten, flirrenden, mondlichtähnlichen Schimmer. – Tiefe Stille –

TEUFEL *wacht langsam auf, hebt sich, mit den Händen aufstützend, matt empor; wie er sich umwendet und erblickt die Scene, fährt er plötzlich zum Sitzen auf, reißt sich den Knebel aus dem Mund* Ah! – Ihr seid mir vorausgeeilt, Gedanken! – *Betrachtet lange mit Entzücken die Scene* Ihr habt euch verwirklicht, meine guten Gedanken! – Und die gemeinen sind mir in den Magen gefahren, und haben mich krank gemacht; – so ist's recht! – – Du hast gebüßt, – und bist jetzt wieder ein ehrlicher Kerl! – *Legt sich, noch immer etwas erschöpft, wieder in mehr ruhende Stellung zurück, aber so, daß er die Scene im Auge behält – matt und langsam* Welche von diesen wähl' ich mir jetzt aus als Mutter für mein glorioses Geschöpf? – ... Schön! – Verführerisch! – Sinnlich! – Giftig! – Hirn und Adern verbrennend! – Ahnungslos! – Tollpatschig! – Grausam! – Berechnungslos! – Seelenschmutzig! – Naiv! – *Lange Pause –*

Er erhebt sich dann zum Sitzen und ruft mit halblauter, aber klarer Stimme, in sanftem Ton

Helena – von Sparta – des Priamus Geliebte – Trojanische Königin! – *Im Hintergrund erhebt sich aus der Reihe der Schlafenden langsam eine Gestalt mit langem schleppendem Mantel, der um die Taille durch einen mit der Stoff-Farbe gleichen Strick zusammengehalten, kommt langsam, wie schlaftrunken, mit geschlossenen Augen, den Lichtschimmer, der ihr aus dem Totenreiche anhaftet, beibehaltend, nach vorn und bleibt vor dem Teufel stehen.*

TEUFEL Du bist damals mit dem jungen Laffen, dem Trojaner-Prinzen, auf und davon, und hast Deinen Mann, den König, zurückgelassen; rein aus Verliebtheit? – *Helena verneint schwerfällig mit dem Kopfe* – Was? Nicht einmal verliebt? – Aus Neugierde? – *Sie scheint sich zu besinnen; nickt dann wie schlaftrunken* – Nur, weil es Dir gefallen hat? – *Helena nickt* – Ohne etwas zu denken? – *Nickt* – Justement? – *Wartet und nickt dann* – Und als dann der Krieg ausbrach, da dachtest Du? – *Nickt mechanisch, besinnt sich aber dann und verneint* – Dachtest Dir: Es ist nun einmal so! – *Nickt und betont* – Geh, leg' Dich wieder schlafen – armes, dummes Ding! – *Sie wartet einen Moment, dreht sich dann langsam um und geht zurück auf ihren Platz, wie sie gekommen.*

TEUFEL *nach einer Pause, mit der gleichen hellen, sanften Stimme* Phryne – aus Athen – glatteste aller Hetären – komm! *Von dem Totenfeld erhebt sich aus einer anderen Reihe ein Weib im gleichen Anzuge wie die erste und kommt näher.* – Blasseste aller Zauberinnen, du hast Tausende von Männern in dein Garn gelockt, sie arm und elend gemacht, ihnen Geld und Gedanken geraubt, – hast Philosophen genarrt, – Richter bestochen, – Staatsgesetze umgestoßen, – Krieg angezettelt, – Reichtümer angehäuft, – hast dich als Göttin geriert, – Dich anbeten lassen, – hast Dein Vaterland verhöhnt, – wolltest Deinen Namen wie eine schmutzige Reklame auf die Mauern Thebens setzen – und dafür bezahlen, – hast Dich nackt vor allem Volk gezeigt, – in Korinth Dir Tempel und Statuen bauen lassen, – hast fortgehurt, bis Deine Haare weiß wurden – und wurdest schließlich in einem Tempel, in den Du Dich geflüchtet, wie ein unreines Tier erschlagen? – *Nickt stumm wiederholt auf alle Fragen* – Warum? – Aus Liebe? – *Verneint* – Aus Leidenschaft? – *Verneint* – Aus Laune? – *Nickt* – Weil du schöner und blaßer warst als alle anderen? – *Nickt* – Hast gar nichts dabei gedacht? – *Verneint* – Ließest den Dingen ihren Lauf? – *Bejaht* – Geh', Du harmloses Kind, Du bist unschuldig! – *Geht langsam und schweigend ab, wie die erste.*

TEUFEL *nach einer Pause, wie oben* Heloise – Äbtissin von Paraclet – Latinistin des 12. Jahrhunderts – *Eine dritte Gestalt erhebt sich aus dem Totenfeld und kommt im gleichen Anzug, wie die vorigen, näher* – Du hast studiert, – und hast geliebt, – und hast Kinder gebracht, – und hast Deinen Lehrer Abälard, die Leuchte des Jahrhunderts, verführt – und Deine Familie in Spott und Schande gejagt, – bis sie Dir Deinen Geliebten zum Kapaun machten – und Dich zur Nonne, – und hast dann Deinen verschnittenen Abälard fortgeliebt, – und ihm brünstige Briefe geschrieben, – bis man Dich zur Aebtissin machte; – und als Aebtissin hast Du weiter studiert, und ihn weiter geliebt, und weiter – wenigstens in der Phantasie – Kinder gebracht und mit Deinem längst abgekühlten Freund imaginative Scheußlichkeiten begangen, die man selbst in der Hölle nicht sagen darf, – und hast ihm geschrieben: lieber wolltest Du des Abälard Hure, als des Kaisers rechtmäßige Gattin sein; – und als er starb, hast Du Dir seine Leiche kommen lassen, und hast ihn immer noch geliebt, und ihn mit Deinen eigenen Händen begraben; – und dann hast Du ihn noch zwanzig Jahre auf Kosten Deiner Phantasie weiter geliebt; – bis Du selbst starbst? – *Hat zu allen Fragen stumm genickt* – Warum? – Aus Liebe? – *Bejaht heftig.* – Aus reiner Liebe? – *Bejaht intensiv* – Kind, Du bist ja schon für den Himmel reif! – Halt Dich parat, wenn die Posaune ertönt, kommst Du zuerst dran! – Inzwischen geh und schlaf weiter! – *Gestalt geht ab.*

TEUFEL *für sich* Ich hab' doch verdammt wenig Grandioses in der Hölle; muss mir mal'n Scheusal holen! – *Besinnt sich, dann nach einer Pause* Agrippina – Mutter, Gemahlin und Mörderin von Kaisern – und Gemordete eines Kaisers – komm! – *Eine Gestalt erhebt sich aus anderer Gegend* – Du hast etwas viel auf dem Kerbholz, Freundin; – mit vierzehn Jahren heiratetest Du Deinen Mann, und läßt Dich herbei, ihm nach neun Jahren eines der größten Scheusale, den Nero, zu gebären? – Dafür kannst Du nichts! – Tröste Dich, wir haben jetzt eine Schule, die Dir nachweist, daß du auch für die andern Sachen nichts kannst; nur ist diese Lehrmeinung noch nicht bis zum Himmel gedrungen. – Du vernachlässigst also Deinen Mann, und gibst Dich dem Lepidus hin; – das war damals so Sitte! – Dann verbindest Du Dich mit Deinem Freier, um Deinen Bruder, den Kaiser Caligula, zu ermorden; – es gelingt nicht! – Dafür kannst Du wieder nichts, – das heißt, Du warst nicht geschickt genug! – Natürlich wirst Du verbannt! – Endlich wird aber Caligula doch ermordet – wie das damals so Sitte – und Du wirst wieder hoffähig; Du versuchst dann vergeblich, einige andere vornehme Römer zu kapern, bis sich endlich der reiche Advokat Passimus – den ich für gescheiter gehalten hätte – herbeiläßt, und mit Dir eine zweite Ehe eingeht; Du vergiftest ihn dann und beerbst ihn! – Doch das haben schon andere vor Dir gemacht; das war damals so Sitte! – Dein folgendes Stückchen war dagegen schon viel origineller: Du spielst so geschickt hinterm Vorhang – von Deiner Villa aus – daß Du die Kaiserin Messalina von ihrem Gemahl, dem Kaiser Claudius, abschlachten läßt, heiratest dann selbst den Kaiser Claudius und wirst Kaiserin! – Was dann folgte, der von Dir inszenierte Selbstmord des Lucius Silanus, die Verbannung seiner Schwester Junia und die Verbannung der Lollia Paulina, deren Kopf Du Dir nachträglich aus der Verbannung zurückholen lässest, waren mehr Nebenabfälle; Du folgtest darin den Sitten Deiner Zeit. – Dann verschaffst Du Dir den Beinamen ›Augusta‹, die Heilige, lässest Deinen Sohn Nero von Deinem neuen Gemahl, Kaiser Claudius, adoptieren, lässest ihn dann mit der Tochter dieses Kaisers, Claudius, Octavia, vermählen, vergiftest dann diesen Kaiser, Deinen Gemahl, und rufst Deinen Sohn Nero zum Kaiser aus. – Das war nämlich damals ganz neu! – Du vergiftest dann noch ein paar Konsuln, Prokonsuln und Nebenbuhlerinnen, und wirst letztlich von Deinem eigenen Sohn Nero ermordet! – *Die Gestalt hat auf alle Fragen stummnickend geantwortet* – Hör' mal, Agrippina, Du bist eine ganz scharmante Person, aber ich vermisse in Deinem ganzen Thun den eigentlich künstlerischen Impuls – die Naivität; – alles hängt ab von Deinem maßlosen Ehrgeiz! – Das ist krankhaft! – Das wird auf die Dauer langweilig! – Wir fassen die Sachen jetzt anders auf! – Nicht ein schöner Mord in Deiner ganzen Geschichte! – Ich kann Dich wirklich nicht brauchen! – Geh nur und leg' Dich wieder schlafen: – Schlaf' sanft! – *Gestalt ab.*

TEUFEL *nach einigem Ueberlegen, für sich* Jetzt hab' ich noch eine Nummer, die Herodias; – aber halt – wie wär's? – *Er überlegt* Ich nehm' statt der Mutter doch lieber die Tochter! – *ruft* Salome, – schöne, junge Tänzerin, – komm' zu mir! – *Weit hinten erhebt sich eine schlanke, jugendliche Erscheinung, und kommt näher, eine freundliche, heitere Erinnerung auf ihrem Gesicht.* – Sag' mir einmal, mein hübsches Kind, du warst damals auf dem Bankett bei Herodes zugegen? – *bejaht* – Und da tanztest Du? – *bejaht* – Warum tanztest Du? – *Sie weiß es nicht.* – Nun, Du tanztest eben, weil junge hübsche Mädchen überhaupt gern tanzen, – und weil du Tanzstunde gehabt hattest? – *bejaht* – Und Du fandest Beifall? – *nickt* – Und Herodias sagte Dir, Du solltest Dir 'was schenken lassen? – *nickt* – Und Du ließest Dir einen Kopf schenken? – *nickt* – Einen Menschenkopf – *bejaht* – Weshalb? – *Sie weiß es nicht* – Zum Spielen? – *Sie zaudert und bejaht schließlich* – Und Herodes schickte Dich mit dem Henker ins Gefängnis, und der schneidet Dir dort einen Kopf ab? – *nickt* – Das war der Kopf des Johannes? – *bejaht gleichgültig* – Der ward Dir auf eine Platte gelegt, und Du kamst dann damit herein in den Bankettsaal? – *nickt* – Das Blut lief wohl auf der Platte herum, – und machte sie schließlich ganz voll? – *nickt* – Es netzte Deine Finger? – *bejaht lebhaft* – War Dir das angenehm, oder unangenehm? – *bejaht* – Ja, was? – Angenehm oder unangenehm? – *sie reibt die Hände gegeneinander* – Es kitzelte Dich? – *bejaht sehr deutlich* – Du hast wohl sehr feine Finger? – *keine Antwort* – Und dann, – dann schenktest Du den Kopf Deiner Mutter? – *bejaht* – Warum? – *zuckt mit den Achseln* – Er war eben schon tot? – *nickt traurig* – Und Du wolltest doch einen lebenden haben? – *bejaht* – Ja, die abgeschnittenen Menschenköpfe halten sich nicht lang! – – Sag' mal, hast Du einen von den Leuten da gern gehabt, was man sagt, lieb? – *weiß nicht, was sagen, und verneint schließlich* – Den Herodes? – *verneint* – Den Johannes? – *verneint* – Deine Mutter? – *zuckt mit den Achseln und verneint* – Aber Deinen abgeschnittenen Kopf, den hattest Du gern? – *bejaht sehr deutlich.*

TEUFEL *springt plötzlich auf* Kind, Du bist mein Fall! – *geht auf sie zu* Aus Dir läßt sich noch 'was machen! – *Er schließt sie, halb von rückwärts kommend, leicht in seine Arme.* Du sollst mir heut' in mein Schlafgemach folgen!

DIE GESTALT *hört man tief und vernehmlich stöhnen. Während des Folgenden fallen über dem Totenfeld wie im Vordergrund schwarze, anfangs noch durchsichtige Flöre und Schatten herab, die die ganze Scene immer mehr verdüstern.*

TEUFEL *die Gestalt sanft mit sich nach rechts fortführend* Wir haben große Dinge mit dir vor! – Du sollst die Ahnin eines grandiosen Geschlechtes werden, an das kein Aristokrat hinankann! – Deine Nachkommen werden weder blaues noch rotes, sondern weit merkwürdigeres Blut in ihren Adern führen. – Und Du wirst die Mutter sein. – Deine Qualitäten sind einzig in meinem großen, ungeheuren Reich! – Selbst oben, bei Hof, sieht man unsere Verbindung mit gnädigem Wohlwollen! – *Er verschwindet mit ihr; die Stimme klingt immer entfernter* Morgen schon darfst Du zu Deinen Schwestern zurück! – Unser heißes Temperament läßt Schaffen und Entstehen sich in unglaublich kurzer Zeit vollenden! – Zeugen und Gebären rückt durch unsere Gewalten in wenige Stunden zusammen! – Komm', mein Kind, komm'! –

Das Totenfeld ist jetzt verschwunden. Die Flöre fallen nun auch im Vordergrund immer dichter; so daß die Scene bald ganz verdunkelt ist. – Man hört in der Ferne noch einen gellen, weiblichen Schrei! – Dann wird es schwarze Nacht, und der Vorhang fällt.

Vierter Aufzug

Im Himmel. Ein kostbar ausgestattetes Gemach in Rosa. Maria, vornehm geschmückt auf ihrem Thron, umgeben von meist jüngeren Engeln in lichter, farbiger Tracht, die, mit Büchern, Schulheften, Schreibtafeln in den Händen, an den Stufen des Thrones teils sitzen, teils knien, teils in malerischer Stellung liegen. Es ist Schule. Seitwärts zur Rechten, halb in der Coulisse, steht der Schullehrer, ein hoch-aufgeschossener, unsäglich magerer Mensch in langem, schwarzem Schnürrock, mit verbittertem, glattrasiertem Gesicht und überkämmter Glatze.

MARIA *mit einem Pfauenwedel spielend* Sagt einmal Euren Spruch auf!

KINDER *unisono, in breitem, schreiigem Ton, mit falscher Accentuierung, mit dem Rhythmus, wie ihn das Prinzip des geringsten Laut-Widerstandes an die Hand gibt* Gä grüßt saist Du, Marea, Du best voller Gnaden, der Härr ist mit Dir, Du best gebenedaiet unter den Waibern, und gebenedaiet ist die Frucht Deines Laibes, Jäsus Christus – Hail'ge Marea, Mutter Gottes, bett für uns arme Sündärr, jäzt und in der Stunde des Abstärbens...

MARIA *entsetzt* Ja, um Gottes willen, wo habt ihr denn das gelernt?

KINDER *durcheinander, gurgelnd* In Tiroll – in Tiroll – im schönen Land Tiroll!

MARIA *entsetzt* Gott, ist das eine verknödelte Gesellschaft! – *Sieht sich um, zum Lehrer, der ausgehungert rechts in der Kulisse steht.* – Kann man denn den Kindern die Gebete nicht wenigstens dem Sinne nach, statt nach der Rücksicht des Möglichst-Raschen-Fertigwerdens, eintrichtern?

LEHRER *jämmerlich, mit belegter Stimme* Es geht nicht mehr, allergnädigste Gottesmutter, die Kehlen sind vollständig in der einen Richtung festgelegt, die Laute – das Resultat einer tausendjährigen Übung.

MARIA Warum machen Sie denn so ein jämmerliches Gesicht?

LEHRER Es ist mir nicht gut – ich fühle mich immer so schlecht...

MARIA *für sich* Gott, der Mensch hat Hunger und ist zu anständig, es zu sagen – *laut* Sind Sie denn immer noch so miserabel bezahlt?... Jetzt kommen Sie herauf in den Himmel und bringen Ihren unstillbaren Hunger von der Erde mit – ich kann Ihnen leider nichts anbieten – bei uns werden nur Hostien gegessen – nicht 'nmal 'nen Schluck Wein kann ich Ihnen offerieren – wir dulden keine Utraquisten daheroben – Sie sollten eben kurz vor dem Tod wenigstens einmal sich satt essen können – unter den Nachbarn ein wenig sammeln gehen – 'n paar Pfennig für Bier unter den Männern – zusammensammeln – und vielleicht etwas Schmalz unter den Weibern...

KINDER *fallen auf das Stichwort ein* ...und gebenedaiet ist die Frucht Daines Laibes, Jäsus Christus, Amän! Hail'ge Marea, Mutter Gottes...

MARIA *entsetzt* Um Gotteswillen, wart Ihr denn aufgezogen? – Ich hab' doch nicht an den Knopf gedrückt! – Das sind ja die reinsten Automaten... – *zum Lehrer* Sie müssen den Kindern – trotz Ihres Hungers – beibringen, nach dem Sinn zu beten – auch nach 2000 Jahren – damit nicht, wenn ich von Schmalz rede, sie die Frucht meines Laibes daherbringen!...

KINDER *korrigierend, unisono* ...Frucht Deines Laibes!...

KINDERSTIMMCHEN *einzeln, naiv* ... Stunde des Absterbens, Amen...

MARIA *überwältigt* – Ach wie süß! – – Wie heißt denn Du, mein Schätzchen? –

KINDERSTIMMCHEN *wie oben* ... Maria Ebner – Schlotfegermeisterstochter aus Kleinhüttenbach – mi hab'n s' in's Wasser neig'schmiss'n, weil mer scho zu Sechst waren – und der Vatter hat net mehra verdient – und d' Mutter hat g'sagt, i werd' eso glei an Engerl...

LEHRER *wischt sich eine Träne ab* Ja, – so sinds da drunten – in dera Gegend – zwischen Brixen und Kufstein...

KINDER *unisono* In Tiroll – in Tiroll – im schönen Land Tiroll!

MARIA *mit einer Grimasse* Gott, dieser Katholizismus steht mir schon bis daher! – *macht Bewegung des Ekels* – – *resolut* Reden wir von 'was Anderem! – – Nehmt Eure Bücher her! – *zum Lehrer* Sie können gehen und sich etwas erholen. – *zu den Kindern* Wo sind wir stehengeblieben? – Jetzt aber schön hochdeutsch lesen! – Preußisch!...

GRÖSSERER ENGEL *liest, während Alle ihre Bücher aufschlagen, aus einer der Novellen des Boccaccio mit breiter, kreischender, alles gleich betonender Stimme* »... Agilulf, der König der Longobarden, befestigte, gleich seinen Vorgängern in Pavia, der Hauptstadt der Lombardei, seinen Thron durch Vermählung mit Teudolinga, der Witwe Auterichs, der ebenfalls König der Longobarden gewesen war. Diese Gattin war sehr schön, verständig und ehrbar, der aber dennoch ein Liebhaber einst einen schlimmen Streich spielte. Als nämlich durch die Tapferkeit und den Verstand des Königs Agilulf der lombardische Staat glücklich und ruhig geworden war, geschah es, daß ein Reitknecht der genannten Königin, ein Mensch, was die Abstammung anbetrifft, von höchst ärmlichen Umständen, sonst aber über sein schmähliches Geschäft hoch erhoben und von Person schön und groß wie der König, sich über alle Maßen in die Königin verliebte. Da jedoch sein niedriger Stand ihn keineswegs verhinderte, einzusehen, daß diese seine Liebe außer allen Grenzen der Möglichkeit und Schicklichkeit liege, so offenbarte er sich als ein verständiger Mann niemandem und wagte nicht einmal, sich der Königin selbst nur durch einen Blick zu entdecken. Obgleich er nun gänzlich hoffnungslos war, so tat er sich doch bei sich selbst etwas darauf zugute, daß er seine Gedanken so hoch hatte steigen lassen, und vom Liebesfeuer ganz entzündet, gab er sich Mühe, es allen seinen Kameraden in allem, von dem er glaubte, daß es der Königin gefallen könnte, zuvorzutun. Dadurch geschah es, daß die Königin, wenn sie austritt, weit lieber das Pferd ritt, das dieser wartete, als ein anderes, und dies rechnete sich jener zur höchsten Gnade, ging alsdann nicht vom Steigbügel weg und schätzte sich glücklich, wenn er ihre Kleider berühren durfte. – Aber wie wir dies häufig sehen, dass die Liebe um so stärker wird, je mehr sich die Hoffnung verringert...«

MARIA *unterbrechend* Ja, kriegen denn die zwei sich noch nicht? –

LESENDER ENGEL *stockt* – – Ich weiß nicht, Immerwährende Jungfrau.

MARIA Sieh 'mal, wie viel Seiten die Geschichte noch hat?

LESENDER ENGEL *zählt sorgfältig nach* Noch zwanzig, Allerseligste Gottesmutter.

MARIA Das ist ja schrecklich lang; kann man denn da nichts überschlagen? – *Läßt sich das Buch geben* – Na, ich glaube, jetzt wird's etwas lebhafter. Lies 'mal zu! – *Gibt ihm das Buch zurück.*

LESENDER ENGEL *wie oben* »...je mehr sich die Hoffnung verringert, so geschah es auch bei diesem armen Reitknecht, der sein verborgenes Verlangen, das von keiner

Hoffnung gelindert war, kaum mehr ertragen konnte und oft, da er sich von dieser Liebe nicht losmachen konnte, den Entschluß faßte, zu sterben ...«

In diesem Augenblick ist das Weib, ein junges, blühendes Wesen in schwarzen Haaren, mit schwarzen, tiefliegenden Augen, in denen eine verzehrende, aber noch nicht aufgeschlossene Wollust verborgen liegt, in ganz weißem Gewand zaghaft auf die Schwelle getreten; Alles ist bestürzt, und wie geblendet über den neuen Ankömmling, in die Höhe gefahren; die Engel starr und wie unentschlossen, was zu thun, die Blicke auf das Weib gerichtet.

MARIA *die sich erhoben hat, imperatorisch* Wer ist diese Person? – *als keine Antwort erfolgt* – Wer hat Dich hereingelassen? – Woher kommst Du? – Kommst Du von drunten? – Bist Du eine Gestorbene? – Oder 'was Besseres? – Eine Heilige? – Was willst Du hier? – Mir Konkurrenz machen? – Mit welchem Recht...? – *fängt zu zittern an*

In diesem Augenblick kommt der Teufel hinter dem Weib herein, atemlos, als habe er sich verspätet, macht eine tiefe Reverenz vor Maria.

TEUFEL *devot* Gnädige Frau, – *das Weib vorstellend* – meine Tochter!

Die Engel fahren kreischend nach links ab.

MARIA *die Thronstufen hinabsteigend, mit dem Ausdruck höchster Verwunderung* Ah! –

TEUFEL *den Eindruck abwartend; dann nach einer Pause* Ich hoffe, sie gefällt dir?

MARIA *zögernd, ihre Eindrücke sammelnd* Gefallen? – Nein, dazu ist sie zu schön. Dieses Biest schlägt Alles im Himmel und auf Erden. – Ich erwartete ein Scheusal.

TEUFEL Gnädige Frau, damit...

MARIA *unterbrechend, zornig* ›Gnäd'ge Frau! – Gnäd'ge Frau!‹ – Ich bin die Immerwährende Jungfrau und Allerseligste Gottesmutter! – Merk' dir's! – *Mit einem Blick auf das Weib*

TEUFEL *sehr devot, halblaut* Diese feinen Unterschiede erfaßt die noch nicht. – Sie ist wie ein Kind.

MARIA Wie, spricht sie nicht?

TEUFEL Gott bewahre!

MARIA Sie spricht keine Sprache?

TEUFEL Sie spricht die Sprache, die alle Weiber sprechen, die Sprache der brennendsten Verführung.

MARIA Ich meine, Du bist über unser Programm hinausgeschritten. – Was soll diese süperbe Person ...? –

TEUFEL Ich mußte sie in irgend einer Art ...

MARIA *einfallend* Wenn ich das wollte, konnte ich einen meiner Engel, ich konnte selbst ...

TEUFEL Oh, schönste Frau, nimmermehr; Ihr habt vergessen ...

MARIA Ja, ja! – Ganz richtig! – Jawohl! – – Aber warum so blendend? – Das reine Entzücken! – *zum Teufel gewendet, halblaut* Kann man sich hier 'was vergeben?

TEUFEL Du kannst sie glatt bewundern; noch weiß sie gar nichts.

MARIA *verschlingt das Weib mit ihren Blicken, geht dann in einer plötzlichen Wallung auf sie zu und küßt sie*

DAS WEIB *fährt fast erschrocken zurück*

MARIA *überwältigt* Das volle Entzücken! – Wie ein Kind! –

TEUFEL *mit komischem Pathos* »Rein aus der Hand des Schöpfers hervorgegangen!« –

MARIA *empfindet den Stich* Oh – buffone! – Wo hast Du sie her?

TEUFEL *sehr gespreizt* Gewisse Geheimnisse unserer Fabrikation können wir nicht mitteilen; – indes – die Mutter kann ich Dir nennen.

MARIA Ah!

TEUFEL Eine gewisse Salome, – die schöne Köpferin, – die

sich mit einer Schnellung ihres Tanzbeins einen warmen Menschenkopf holte.

MARIA *sich besinnend* Haben Wir die nicht heroben?

TEUFEL *trocken* Nein, nein! – Solche Personen habt Ihr nicht heroben.

MARIA *versunken in der Gestalt* ... solche Personen habt Ihr nicht heroben ...! Und so blendend! –

TEUFEL Was Du siehst, hat sie von der Mutter.

MARIA Von ihr.

TEUFEL *sarkastisch* Und noch einiges, was Du nicht siehst! –

MARIA *zu ihm hinüberschauend, verständnisvoll* Jawohl! – Sonst? –

TEUFEL Die Qualitäten des Vaters kommen erst später zum Vorschein; – wenn sie Uebung hat ...

MARIA Das glaub' ich!

TEUFEL Ich war in meiner gloriosen Stimmung!

MARIA *die sich von der Gestalt nicht trennen kann* Und dieses keusche Entzücken, dieses unvergleichliche Auge, dieser Impuls voll überirdischer Lust, dieser Gedanke von übermenschlicher Güte und Mitleid soll die Menschen, sagst Du, vergiften und verderben? ...

TEUFEL *sehr bestimmt* Das soll es!

MARIA Soll es das? – Kann es das? –

TEUFEL *höhnisch* Kann es das? – Ich sag' Dir, das in ihr verschlossene Gift ist so stark: nach vierzehn Tagen soll der, der sie berührt, mit Augen wie Glasklicker in die Welt schauen; seine Gedanken gerinnen ihm und er schnappt nach Hoffnungsluft wie ein trocken gewordener Fisch; nach sechs Wochen betrachtet er seinen Körper und fragt: Bin das ich? – die Haare fallen ihm aus, die Wimpern fallen ihm aus, die Zähne fallen ihm aus; Gebiß und Gelenke werden wackelig; nach drei Monaten ist er an seiner Menschenoberfläche durchlöchert wie ein Sieb, und er spekuliert an den Schaufenstern der Kaufläden herum, ob man etwa eine neue Menschenhaut kaufen könne; die Verzweiflung rinnt ihm nicht nur im Herzen zusammen, sondern läuft ihm auch stinkend zur Nase heraus; die Freunde begucken sich gegenseitig, und wer in der ersten Phase der Vergiftung ist, lacht den aus, der sich in der dritten oder vierten befindet; nach einem Jahr fällt ihm die Nase in den Suppenteller, und er läuft zum Kautschukhändler, um eine neue zu kaufen; dann verzieht er, geht an einen andern Ort, wechselt das Handwerk, wird mitleidig und sentimental, thut keinem Tierlein 'was zuleide, entwickelt moralische Gesinnungen, spielt mit den Mücklein in der Sonne und beneidet die jungen Bäume im Frühling; er wird katholisch, – wenn er protestantisch war; und protestantisch, – wenn er katholisch war; nach zwei, drei Jahren liegen ihm die Leber und die großen Drüsen wie Mörser im Leib und er denkt auf lockere Speisen; dann gimpelt's ihm im einen Aug', nach einem weiteren Vierteljahr ist es zu; nach fünf, sechs Jahren beginnt ein Zucken und Schießen im Körper auf und ab, wie ein Feuerwerk; er geht noch spazieren, und fleißig sieht er nach, ob die Füße noch unter dem Leib hervorkommen; noch etwas später zieht er es vor, im Bett zu bleiben; er liebt die Wärme; nach acht Jahren etwa nimmt er sich eines Tages einen Knochen aus dem eigenen Gebäu, beriecht ihn, und schmeißt ihn voll Grausen in die Ecke; er wird dann fromm, frömmer, am frömmsten; er liebt die Marokin-Bände mit Goldschnitt und einem Kreuz darauf; und nach zehn Jahren liegt er schlank dort, ein verwelktes Skelett, mit gähnend gegen den Kalk-Plafond aufgesperrtem Maul, das ›Warum?‹ fragt und stirbt. – – Die Seele gehört dann Euch! –

MARIA *sich voll Abscheu wegwendend* Aeh!

TEUFEL *verwundert* Was? Habe ich meine Sache nicht gut gemacht? – War die Arbeit nicht so bestellt? –

MARIA *die Hände vor dem Gesicht, schluchzend* Ach, die armen Menschen!

EUFEL *einfallend* ...bleiben erlösungsbedürftig und erlösungsfähig! –

MARIA *die sich wieder umgewendet, starrt mit offenen Augen das Weib an, in deren Anblick sie versunken bleibt. Das Weib in der ursprünglichen naiven, seiner unbewußten, schönheitsvollen Haltung.*

Man hört draußen ein Geräusch, wie von Kommenden.

MARIA *erwachend und zur Thüre eilend* Nein, niemand soll herein! – *nachdem sie vor der Thür die Kommenden erblickt* Nein, mein Sohn soll nicht herein; kann nicht herein, darf nicht herein. – *zurückkehrend, wild* Schaff' mir das Weib aus dem Haus! – Thu mit ihr, was Du willst; aber fort, fort! – Augenblicklich! –

TEUFEL *bittend* Liebe Maria, Immerwährende Jungfrau, Allerseligste Gottesgebärerin, ich hätte noch einige Wünsche, ich denke, ich verdiene doch, ... Du weißt...

MARIA *eilfertig* Ja, ja, – Du sollst deine Stiege haben; aber nur fort, fort! –

TEUFEL *larmoyant* Und Gedankenfreiheit! –

MARIA Freund, Du denkst nur viel zu viel! – Ich will mir's überlegen, was ich befürworten kann; – aber jetzt fort! –

TEUFEL *mit einem schwachen Seufzer, verbeugt sich tief vor Maria, geleitet dann mit großer Vornehmheit das Weib nach außen, wohin er sie vorantreten läßt.*

MARIA *eilt hinterdrein, schaut starr mit offenem Munde den Gehenden nach.*

Der Vorhang fällt.

Fünfter Aufzug

Erste Scene

Rom. Ein Saal im päpstlichen Palast, der zur Privatkapelle des Papstes umgestaltet ist; zur Rechten (von der Bühne aus) ist an der Wand ein temporärer Altar errichtet, an dem ein Priester amtiert; zur Linken, bis gegen die Mitte der Bühne reichend, stehen Armsessel, zum Teil mit Betpulten davor, auf denen der Papst *mit seiner Familie, darunter* Cesare *und* Lucrezia Borgia, *die* Vanozza *und* Julia Farnese *mit den Mitgliedern des heiligen Kollegiums, Bischöfen und Erzbischöfen, Almoseniern, dem Ceremonienmeister* Burcard, *dem Kapitän der päpstlichen Garde und anderen zum unmittelbaren Gefolge des Papstes Gehörigen, Platz genommen; zu äußerst links, hinter den Stühlen, stehen dichtgedrängt und ohne das Ende des Saales auf dieser Seite erkennen zu lassen, teils Geistliche, teils niedere Beamte des päpstlichen Hofstaates und ganz hinten auch etliche von der Dienerschaft, welche alle mit größerer oder geringerer Aufmerksamkeit der heiligen Handlung folgen. Von einem unsichtbaren, höheren Chor zur Linken herab tönen, dem Gang der Messe folgend, in Ermangelung eines Sing-Chores, die larmoyanten, morosen Töne einer gedämpften Orgel. Erleuchtet wird der ganze Raum lediglich von den vier grossen Kerzen, die am Altar brennen, so daß die entfernter gelegenen Teile in Halbdunkel gehüllt sind. Im Hintergrund befindet sich ein einziges großes Portal, welches offen steht.*

PRIESTER AM ALTAR *den man längere Zeit hantieren gesehen und flüstern gehört hat, nachdem ein kurzes Prälu-*

dium auf der Orgel beendet ist Hoc est enim Corpus meum*. – *das Flüstern und Zischeln geht weiter* – Hic est enim Calix Sanguinis mei, novi et aeterni testamenti; mysterium fidei; qui pro vobis et pro multis effundetur in remissionem peccatorum**.

Während mitten unter den Zuhörern, die teils knien, teils stehen, der Papst mit überschlagenen Knien und im Schoß gekreuzten Händen, wie es scheint, gleichgültig dort sitzt, geht unter den Uebrigen, besonders unter den weiblichen Mitgliedern, ein lebhaftes Plauschen und Austauschen von Meinungen einher, welches von den Rückwärtsstehenden wiederholt durch ein diskretes ›Pst!‹ unterbrochen wird.

PRIESTER *am Altar* Hostiam puram, hostiam sanctam, hostiam immaculatam ...***

LUCREZIA *teilt aus einer Tüte Confetti an ihre jüngeren Geschwister aus.*

PRIESTER *am Altar* Panem sanctum vitae aeternae, et Calicem salutis perpetuae ...****

Die Jüngeren scheinen sich um die Confetti zu streiten; einiges fällt zu Boden; sie eilen sich, es aufzuheben; man hört Raufen und Schimpfwörter; Stühle werden gerückt; die Damen benehmen sich um die Kleinen, die Herren mahnen zur Ruhe; der Papst schaut hinüber und lächelt; von rückwärts wiederholt ›Pst – Pst!‹

PRIESTER *am Altar, mit lauter Stimme* Per omnia saecula saeculorum*****.

* Denn dies ist mein Leib.

** Denn dies ist der Kelch meines Blutes, des neuen und ewigen Bundes – das Geheimnis des Glaubens – welches für euch und für viele vergossen wird zur Vergebung der Sünden.

*** Die reine Hostie, die heilige Hostie, die makellose Hostie ...

**** Das heilige Brot des ewigen Lebens und der Kelch des immerwährenden Heils ...

***** Von Ewigkeit zu Ewigkeit.

DIE ANWESENDEN *mechanisch murmelnd* Amen. *Cesare ist von seinem Stuhl aufgesprungen und begibt sich hinter die Lehne seines Vaters, des Papstes, zu dem hinübergebeugt er sich längere Zeit halblaut unterhält; die Damen fangen ebenfalls unter sich ein halblautes Gespräch an; die Kleinen, wieder beruhigt, molfern an ihren Confetti.*

PRIESTER *am Altar, halblaut* Agnus Dei, qui tollis peccata mundi ...*

Bei diesen Worten ist das Weib plötzlich auf die Schwelle des rückwärtigen Portals getreten. Hinter ihr sieht man eine schwarze Gestalt verschwinden. Sie ist in der gleichen naiv-zauberhaften Attitüde wie oben im Himmel und trägt dasselbe weiße, jugendlich-züchtige Gewand wie damals, von dem eine von der Beleuchtung der Kerzen unabhängige Helle auszugehen scheint. – Die Orgel fällt mit einem »Agnus Dei« ein.

PRIESTER *vollendet* ... miserere nobis!**

Sofort entsteht heftige Erregung und große allgemeine Unruhe unter allen Anwesenden, deren Blicke starr gegen die Thüre gerichtet sind, und unter denen ein bald unentwirrbares Gemisch von staunenden Ausrufen von seiten der Männer, von Verwünschungen von seiten der Frauen hin- und her geht.

PRIESTER *am Altar, wie oben* Agnus Dei, qui tollis peccata mundi, miserere nobis! ...

Die Unruhe wächst immer mehr; der Garde-Kapitän ist einige Schritte gegen das Portal zu getreten; die Dienerschaft drängt sich von dieser Seite immer stärker gegen die Mitte des Saales.

PRIESTER *am Altar* Agnus Dei, qui tollis peccata mundi, dona

* Lamm Gottes, das du trägst die Sünden der Welt ...

** Erbarme dich unser!

nobis pacem*

Der Papst ist ebenfalls aufgestanden und schaut starr gegen die Türe, wo das Weib in regungsloser Haltung verharrt; Gruppen bilden sich und pflegen in erregter Weise Meinungs-Austausch. Der Ceremonienmeister Burcard ist von hinten vorgekommen, um sich mit dem Papst zu benehmen, der ihm aber kein Gehör schenkt. Man hört die Kleinen schreien.

PRIESTER *vollendet und sagt sein* Dominus vobiscum!** – *dessen Antwort:* ›Et cum spiritu tuo‹*** *nicht mehr vernommen wird.*

Man hört jetzt aus der Menge Rufe, wie: ›Wer ist die?‹ – ›Woher kommt die?‹ – ›Eine Neapolitanerin!‹ – ›Schafft sie hinaus!‹ – ›Halt! Halt!‹ – Man hört die Stimme des Papstes: ›Schonung! Schonung!‹ –

PRIESTER *am Altar, wendet sich um, sieht erschrocken die Verwirrung, sagt aber sein* Ite missa est!**** – *und erteilt darauf, ohne daß sich noch jemand um ihn kümmert, den Segen.*

Das Orgelspiel endet. Alle verlassen nunmehr ihre Plätze und drängen gegen die Thüre zu; die Männer zunächst, die Frauen wie zurückgeschoben; der Papst, umgeben von seinem Sohn Cesare, dem Ceremonienmeister und dem Garde-Kapitän, geleitet das Weib, es vornehm bewillkommnend, unter großem Nachdrängen von seiten der Männer, unter lauten Ausrufen und Verwünschungen von anderer Seite, etwas gegen die Mitte des Saals. – Der Priester hat sich inzwischen am Altar verbeugt und ist

* Lamm Gottes, das du trägst die Sünden der Welt, schenk' uns den Frieden.

** Der Herr sei mit Euch.

*** Und mit deinem Geiste.

**** Soviel wie: Die Messe ist vorbei.

rechts abgegangen; ein Sakristan ist gekommen und löscht vorschriftsgemäß die vier grossen Kerzen aus. – In dem so entstandenen Halbdunkel, in dem d a s W e i b *wie magisch beleuchtet herausglänzt, sieht man noch, wie die Männer wie wild gegen die helle Gestalt losstürzen, die der Papst jetzt fest unter den Armen genommen hat, während der Garde-Kapitän den Degen zieht, Burcard die großen mächtigen Arme, wie zur Ruhe mahnend, hoch emporhebt, und Cesare wie wütend gegen die Eindringenden um sich schlägt. Die Betstühle werden umgeworfen; man sieht vereinzelt Dolche in der Luft blitzen; im Hintergrund halberstticktes Weibergeschrei: ›He, Hülfe!‹ – ›Ich bin's nicht!‹ – ›Ich bin die Falsche!‹ – ›Waffen!‹ – ›Soldaten!‹ – Man hört* L u c r e z i a s *Stimme: ›Cesare! – Cesare! – Mio papa! – Zu Hülfe!‹ – Schließlich drängt die Gruppe mit dem* W e i b *und dem Papst in ihrer Mitte zur Tür hinaus; alles wie wild nachstürzend; die Frauen kreischend zu beiden Seiten ab; – der Vorhang fällt. – Längere Zwischenpause.*

Schluß-Scene

Eine Straße in Rom vor dem päpstlichen Palast. Trübe, naßkalte Morgendämmerung; an einer Ecke ein tief herabgebranntes flackerndes Oel-Licht. – Totenstille.
Eine Thüre am päpstlichen Palast öffnet sich leise und heraus tritt das Weib, die Röcke knapp zugebunden, die halb entblößte Brust vor der Kälte schützend, mit verwirrten Haaren und hohläugigen Blicks, übernächtigt und abgeschlagen; macht die Thüre leise hinter sich zu; schlürft einige Schritte vorwärts: sie hat zweierlei Pantoffeln an, beide zu groß; in den Ohren und am Hals reichen Brillantschmuck; schaut sich scheu und vorsichtig um; da bricht der

TEUFEL *der bis dahin ungesehen längs einer Dachrinne im Schatten gestanden, hastig hervor, auf sie zu, gebieterisch* Jetzt zu den Kardinälen! Dann zu den Erzbischöfen! Dann zu den Gesandten! Erst zu den Gesandten der italienischen Staaten; dann zu den fremdherrlichen Gesandten! Dann zum Camerlengo! Dann zu den Neffen des Papstes! Dann zu den Bischöfen! Dann durch alle Klöster durch! Dann zu dem übrigen Menschenpack! – Tummle dich und halte die Rangordnung ein! – *Weib langsam ab.*

Der Vorhang fällt.

Editorische Anmerkungen

geschrieben 1893/94; Erstausgabe: Das Liebeskonzil. Eine Himmels-Tragödie in fünf Auszügen. Zürich: Schabelitz 1895; erschienen am 10. Oktober 1894.

Bereits die erste Rezension des Buches am 24. November 1894 in der sozialdemokratischen »Münchner Post« führte zu Ermittlungen gegen den Verfasser der »Himmels-Tragödie«. Oskar Panizza hatte einen Konfiskation seines Buches provoziert, zumindest damit gerechnet (Brief vom 18. 11. 1894 an seinen Züricher Verleger Jakob Schabelitz) – der im folgenden Jahr als »Fall Panizza« dokumentierte Justizskandal vor dem politischen Hintergrund von erstarkendem Katholizismus und »Umsturzvorlage« traf Panizza allerdings völlig unvorbereitet.

Der Anklageschrift zur Eröffnung der Voruntersuchung am 4. Januar 1895 folgte ein Verhör des nach § 166 des Reichsstrafgesetzbuches Beschuldigten am 12. Januar, diesem die Anklageschrift zur Eröffnung des Hauptverfahrens am 20. März 1895. Die 2. Strafkammer des Königlichen Landgerichts München I begründete ihre Klage, »Vergehen wider die Religion, verübt durch die Presse«, mit den Seiten 1, 6, 8–12, 14f., 17–22, 24, 38–47, 65f., 68f. und 72 der Erstausgabe des »Liebeskonzils«. Knapp die Hälfte der Anklageschrift befaßt sich bezeichnenderweise mit Panizzas Darstellung der Jungfrau Maria.

In München konnten Anfang 1895 keine Exemplare des Buches konfisziert werden. Zwei Buchhändler erklärten jedoch beim Verhör, insgesamt 23 Exemplare verkauft zu haben; zögernd wurden die Namen zweier Kunden genannt: Dr. Ludwig Quidde (1858–1941), Historiker, pazifistischer

Politiker und Verfasser des Theaterstücks »Caligula«) und Josef Ruederer (1861–1915), naturalistischer Schriftsteller, Mitspieler Panizzas am »Intimen Theater«, Verfasser einer München-Satire und des »Höllischen Spuk«, einer Groteske unter anderem um Oskar Panizza). Da sich in München kein Kläger gegen »Das Liebeskonzil« gefunden hatte, bat Staatsanwalt Freiherr von Sartor das Leipziger Polizeipräsidium um Amtshilfe. Umgehend meldete sich ein Polzeirat, der zwar nicht in der Lage war, das Wort »Oberwachtmeister« korrekt zu schreiben, der jedoch an Panizzas Buch Anstoß genommen haben wollte und überkorrekt seinen Brief mit »i. A. Müller« zeichnete.

Der Prozeß um »Das Liebeskonzil« begann am 30. April 1895 um 8.30 Uhr im Sitzungssaal 94 des Münchner Justizgebäudes, Augustenstraße 2/II. Zunächst wurde der Sitzungssaal geräumt, da das Gericht eine sittliche Gefährdung des Anwesenden fürchtete. Obwohl dem beanstandeten Buch die vom Gesetzgeber erwähnte Öffentlichkeit nicht nachgewiesen werden konnte, wurde der Angeklagte zu einem Jahr Einzelhaft verurteilt und hatte die Kosten sowohl für den Prozeß als auch für seine Haft zu bezahlen. Dieses skandalöse Urteil gegen einen Schriftsteller ist einzigartig in der Geschichte des Deutschen Kaiserreichs.

Im vollen Vertrauen auf die Immunität des Künstlers hatte sich Oskar Panizza vor Gericht jeder opportunistischen Taktik enthalten. Es war ihm nicht gelungen, Schöffen und Richter sein Kunstverständnis zu vermittteln – »Nein! Zweck der Kunst ist nicht, die Natur uns vorzuführen oder auch nur eine möglichst nahe Illusion von ihr zu geben, sondern durch subjektive Umänderung der Natur in der Auffassungsweise des schaffenden Künstlers, durch Uebertreibung oder Verkleinerung, durch Aufbauschen oder Verjüngung, ja, durch Schiefstellung und Verzerrung uns, den Beschauer, aus dem Gleichgewicht zu bringen, uns zu erschüttern, zu interessieren und zu erfreuen, –« (Oskar Pnizza: Mister Muybridge's Moment-Aufnahmen und – die Kunst. In: Moderne Blätter vom 23. 5. 1891).

Da es im »Liebeskonzil«-Prozeß nicht um Kunst, sondern um Politik ging, verhaftetete man den Verurteilten noch im Gerichtssaal. Obwohl Panizza ein chronisches, in der Sekundärliteratur immer wieder als Syphilis kolportiertes Beinleiden hatte (vgl. die Teufel-Rolle im Stücktext), wurde eine Haftbeschwerde seines Anwalts abgelehnt. Erst gegen 80000 Reichsmark Kaution entließ man den auf eine Revision hoffenden Verurteilten aus der Münchner Fronfeste. Am 1. Juli 1895 lehnten die Leipziger Reichsrichter seinen Revisionsantrag jedoch ab. Formal, so hieß es, sei das Münchner Urteil nicht zu beanstanden, der Verurteilte habe ja selbst vor Gericht zugegeben, mit seinem Buch eine möglichst breite Öffentlichkeit gesucht zu haben.

Es wird sich bedauerlicherweise nicht mehr klären lassen, auf wessen Veranlassung hin Panizzas zumindest unfähiger, wahrscheinlich aber zudem unwilliger Rechtsanwalt Dr. Georg Kugelmann am 30. August 1895 ein Gnadengesuch an den Prinzregenten mit der Geistesgestörtheit seines Mandanten begründete. Panizza selbst hätte diese Vorgehensweise niemals befürwortet. Das Gnadengesuch wurde nicht nur abgelehnt, es trug im Frühjahr 1905 wesentlich zu Oskar Panizzas gerichtlicher Entmündigung bei.

Am Mittag des 8. August 1895 trat Panizza seine Haft in der Gefangenenanstalt Amberg, Am Wingershof, an. Drei Wochen vor seiner Entlassung schrieb er im Juli 1896 der mit ihm befreundeten Kollegin Anna Croissant-Rust: »*Halbe* schrieb mir gestern: Wären Sie an jenem Abend (29. April), statt uns im ›intimen Theater‹ zu sufliren, mit dem Schnellzug nach Lindau gereist! – Nun, was wäre dann? Dann hätte ich der Welt das ›Liebeskonzil‹ *nicht* in's Gesicht geschleudert, wie es jezo geschehen ist, sondern säße in Zürich, hätte dort vielleicht ein anderes Liebeskonzil aufgeführt, und – Frau Dr. Schwann hätte vielleicht ein Kind *mehr*; und ich säße erst recht im Gefängnis! Nein, vor, Menschen soll man nicht davonlaufen, solang man als Künstler ein reines Gewißen hat.« (Brief an Anna Croissant-Rust vom 17. Juli 1896, Stadtarchiv Ludwigshafen)

Literarische Vorlagen des »Liebeskonzils«:
Spielvorlagen des Mittelalterlichen Theaters
Evariste-Desiré de Forges Parnys: La Guerre des Dieux anciens et modernes. Poème en dix Chants. Paris ^{2}1795
Pater Elias: Germania. Ein Trauerspiel. Eichstätt 1800
Johann Wolfgang von Goethe: Faust. Tübingen 1808/1833

Deutschsprachige Buchausgaben:
Das Liebeskonzil. Eine Himmels-Tragödie in fünf Aufzügen. Zürich: Schabelitz 1895 (1894)!
Das Liebeskonzil. Eine Himmels-Tragödie in fünf Aufzügen. Zweite, durch eine Zueignung und ein Vorspiel vermehrte Auflage. Zürich: Schabelitz 1896
Das Liebeskonzil. Eine Himmels-Tragödie in fünf Aufzügen. Dritte, durchgesehene und vermehrte Auflage. Zürich: Schabelitz 1897
Das Liebeskonzil. Eine Himmelstragödie in fünf Aufzügen. (Mit neun Federzeichnungen von Alfred Kubin).(München: Selbstverlag 1913)
Das Liebeskonzil. Eine Himmels-Tragödie in fünf Aufzügen. Glücksburg: Petersen Press 1962
Das Liebeskonzil. Eine Himmelstragödie in fünf Aufzügen. Berlin: Petersen Press 1964
Das Liebeskonzil und andere Schriften. Herausgegeben von Hans Prescher. Neuwied/Berlin: Luchterhand 1964
Das Liebeskonzil. Eine Himmelstragödie in fünf Aufzügen. Herausgegeben von Hans Prescher. Frankfurt/M.: Fischer 1976

Das Liebeskonzil. Eine Himmelstragödie in fünf Aufzügen. In: Dramen des deutschen Naturalismus. Von Hauptmann bis Schönherr. Anthologie in zwei Bänden. Hrsg. von Roy C. Cowen. München: Winkler 1981, S. 645–699
Liebeskonzil Filmbuch. Herausgegeben von Peter Berling. München: Schirmer/Mosel 1982
Das Liebeskonzil. Eine Himmelstragödie in fünf Aufzügen. Mit Materialien zum Film von Werner Schroeter. Darmstadt/Neuwied: Luchterhand 1982 (Sammlung Luchterhand 388)
Neues aus dem Hexenkessel der Wahnsinns-Fanatiker. Herausgegeben von Michael Bauer. Darmstadt/Neuwied: Luchterhand 1986 (Sammlung Luchterhand 622), S. 16–85

Übersetzungen:
Le Concile d'Amour. Tragédie céleste en 5 Actes. Paris: Societé pour la Création et la Diffusion du Livre 1960
Het Liefdesconcilie en andere vreemde geschriften. Amsterdam: De Arbeiderspress 1967 (ABC-boeken 78)
Le Concile d'Amour. Tragédie céleste en 5 Actes. Paris: Pauvert 1969 (Libertés 13)
The Council of Love. A Celestial Tragedy in Five Acts. New York: Viking Press 1973
Hell's Angels. An Opera in Two Acts. London: Universal Edition 1986
(Die italienische Ausgabe des Theaterstücks konnte nicht autopsiert werden.)

Worterklärungen
Amoretten-Flügel Flügel von Amor- bzw. Eros-Statuetten
Atlas-Schue Schuhe aus Atlastuch, einem gewalkten Wollstoff
kyphotisch bucklig, krumm
Cherubim Mehrzahl von Cherub; alttest. Engel mit Wachfunktionen, in den Psalmen: Gottes Thron

Cortége Gefolge, Ehrengeleit
Seraphim Mehrzahl von Seraph, altttest. Engelsgestalt mit sechs Flügeln
Foulard Seidenstoff für die Damenoberbekleidung, aus Baumwolle auch Futterstoff
Antinous antikes Ideal männl. Schönheit; aus Claudiopolis/Bithynien im Nordwesten Kleinasiens stammender Geliebter von Kaiser Hadrian, dem er sein Leben opferte (vgl. »Dialog«)
Lupanar Bordell
Facchino Gepäck-, Lastenträger
Koschonerien Schweinefleisch
Kandelaber meist reich verziertes Gestell zum Tragen von Kerzen oder Räucherschalen
Tabourets »Taburetts« sind niedrige Pölstersessel oder Stühle ohn Arm- und Rückenlehnen
Buffoni »Buffone« meint im Italienischen »Possenreißer«; Oskar Panizza verbindet in dieser Szene Elemente der »Commedia dell'arte« mit dem durch die deutsche Romantik tradierten, besonders bei Shakespeare ausgeformten »Theater im Theater«
sardonisch maskenhaft, grinsend, verzerrt
divertieren, Diversion bewußt ablenken, ein Gespräch in eine andere Richtung lenken, Ablenkung
Flaus grober Futterstoff aus Wolle
Ambrosia aphrodisierende Götterspeise, die Jugend und Unsterblichkeit verleihen soll
Portepée als »Portepee« wurde die goldene oder silberne Degenquaste eines Offiziers bezeichnet
Kapaun kastrierter Gockel
Marokin »Maroquin« ist die Bezeichnung für ein feines, genarbtes Ziegenleder

Quellen zu »Das Nachspiel als Vorspiel«

Staatsarchiv München, Akten der Staatsanwaltschaft 7120 und 7121
Universitätsbibliothek Basel, Nachlaß J. Schabelitz, 6n.

Inhalt